拙者、妹がおりまして❹

駆月基矢

JN020085

双葉文庫

目次

主な登場人物

白瀧千紘（一八）

勇実の六つ下の妹。兄の勇実を尻に敷いている。足が速く、よく笑い、せっかちというか騒々しい。気が強くて、世話焼きでお節介。機転が利いて、何事にもよく気づくのに、自身の恋愛に関しては鈍感。

白瀧勇実（二四）

白瀧家は、家禄三十俵二人扶持の御家人で、今は亡き父・源三郎（享年四六）の代に小普請入り。勇実は長男。母は十の頃に亡くしている（享年三二）。読書好き。のんびり屋の面倒くさがりで出不精。父が始めた本所の手習所（矢島家の離れ）を継ぎ、師匠として筆子たちを教えている。

亀岡菊香（二〇）

猪牙船から大川に落ちたところを勇実に助けられた。それがきっかけで千紘とは無二の親友に。優しく、芯が強い。剣術ややわらの術を得意とする。長いまつげに縁どられた目元や、おっとりした物腰が美しい。

矢島龍治（二二）

白瀧家の隣家・矢島家にある矢島道場の跡取りで師範代。細身で上背はないものの、身のこなしが軽くて腕は立ち、小太刀を得意とする。面倒見がよく、昔から兄の勇実以上に千紘のわがままをきいてきた。

矢島与一郎（四七）…… 龍治の父。矢島道場の主。
矢島珠代（四三）………… 龍治の母。小柄できびきびしている。
亀岡甲蔵（四八）………… 家禄百五十俵の旗本。小十人組士。菊香と貞次郎に稽古をつけている。
亀岡花恵（四一）………… 甲蔵の奥方。
亀岡貞次郎（一四）…… 菊香の弟。姉とよく似た顔立ち。一月に元服をしたばかり。
お吉（六三）………………… 白瀧家の老女中。
お光（六三）………………… 矢島家の老女中。

イラスト／Minoru

大平将太（一八）…………生家は裕福な家系。千紘と質屋の跡取り息子・梅之助と同い年の幼馴染み。かつては扱いの難しい暴れん坊だったが、龍治の導きで落ち着いた。六尺以上の長身で声が大きい。

岡本達之進…………山蔵に手札を渡している北町奉行所の定町廻り同心。年は四〇歳くらい。細身の体に着流し、小銀杏髷が小粋に決まっている。からりとした気性で町人に人気がある。

山蔵（三五）…………目明かし。蕎麦屋を営んでいる。年の割に老けて見える。もともとは腕自慢のごろつき。矢島道場の門下生となる。

伝助（三一）…………山蔵親分と懇意の髪結い。細面で、女形のような色気がある。

井手口百登枝（六六）…………千紘の手習いの師匠。一千石取りの旗本、井手口家当主の生母。両国橋東詰に建つ広い屋敷の離れに隠居して、そこで手習所を開いている。博覧強記。

おユキ（一四）…………百登枝の筆子。

井手口悠之丞（一六）…………百登枝の孫。井手口家の嫡男。

酒井孝右衛門…………小普請組支配頭。年は六〇歳くらい。髪が薄く、髷はちんまり。気さくな人柄で、供廻りを連れずに出歩くことも多い。

尾花琢馬（二九）…………支配勘定。勘定所に勇実を引っ張ろうと、ちょくちょく白瀧家に姿を見せる。端整な顔立ちで洒落ている、元遊び人。

遠山左衛門尉景晋…………勘定奉行。白瀧源三郎のかつての仕事ぶりに目を留める。

深堀藍斎（三〇）…………蘭方医。

佐助…………勇実と龍治の行きつけの湯屋・望月湯の番犬。茶色の毛を持つ雄犬。

勇実の手習所の筆子たち

海野淳平（一一）…御家人の子。
久助（一〇）…………鳶の子。ちょっと気が荒い。
白太（一二）…………のんびり屋で、絵を描くのが得意。
良彦（一〇）…………鋳掛屋の子。まだ細く高い声。
丹次郎（九）…………炭団売りの子。
河合才之介（八）…御家人の子。
十蔵（八）…………かわいらしい顔立ち。
乙黒鞠千代（八）…旗本の次男坊。頭がいい

乙黒郁代…………鞠千代の母。

拙者、妹がおりまして④

第一話　火遊びの頃

一

四月一日には、冬に用いていた綿入れの着物から綿を抜いて、夏の暑さに備え始める。足袋《たび》を履《は》かなくなるのもこの日から、ということになっている。

今年は正月の後に閏月《うるうづき》が入って、春が一月ぶん長かった。そのせいもあり、四月一日を迎える前から、汗ばむくらいの陽気が続いていた。

白瀧勇実《しらたきいさみ》はいくぶん暑がりだ。身なりに頓着《とんちゃく》しないたちでもある。世の人々が衣替えをするより先に、勇実はさっさと夏向けの装いに甘んじていた。

六つ下の妹の千紘《ちひろ》は、着崩した格好の勇実に呆《あき》れ、膨《ふく》れっ面《つら》でぶつくさこぼした。

「兄上さまったら、それでも手習いのお師匠さまですか？　筆子《ふでこ》の皆のお手本にならなければいけないでしょう。もっとちゃんとしてください。こんなお小言《こごと》、二十四にもなった大の大人に言うことではありませんよ」

そうは言われても、暑いものは暑いのだ。

千紘にちくちくと叱られていた三月が過ぎ、四月になった。これで堂々と足袋を脱いでいられる。

このところ、ずいぶん日が長くなってきた。手習所の筆子たちを帰してからも、夕暮れまでに時がある。

勇実は手習所から屋敷に戻ると、すぐに机に向かった。

本当はのんびりと寝転がって読書などしたいところだが、書物問屋《しょもつどんや》からせっつかれている仕事がある。急ぎで写本を仕上げてほしい、という底本《ていほん》を寄越されているのだ。そのぶん謝礼も割高である。

急ぎでというより、人目に触れぬうちにさっさと仕上げてほしいというのが、こたびの件の率直なところだろう。勇実はそう感じている。

底本は史書の考証にまつわるものだが、唐土《もろこし》渡りだ。いにしえの王朝を引き合いに出しつつ、今の世への痛烈な皮肉がふんだんに織り込まれている。序文には嘉慶《かけい》二十四年とあるが、これは日ノ本の文政《ぶんせい》二年（一八一九）のことで、つい三年前だ。

一体、どうやって手に入れた本なのだろうか。どんな考えがあって、この本を選んだのだろう。

危うい何かを感じないでもないが、勇実は黙々と写本を作った。著者の鋭く穿《うが》ったまなざしは、読み物として大変おもしろい。底本がおもしろいと、写本の筆も進む。

区切りのよいところまで写し取ると、勇実は手を止めた。ほっと息をつき、苦笑する。

一人で紙に向かいながら、これはおもしろい、なるほどそうか、などと、いちいちつぶやいてしまう。傍《はた》から見れば、おかしなものだろう。

だが、一緒になってこのおもしろさを論じてくれる相手は、ここにはいない。

思い返せば、父の源三郎《げんざぶろう》は、歴史にまつわる込み入った話もよく聞いてくれた。源三郎自身が史学に詳しいわけではなかったが、勇実が何をおもしろいと感じているのかを聞きたがっていたのだ。

源三郎のあいづちは、そうか、ほう、なるほどと、当たり障《さわ》りがなく短いものばかりだった。それでも、聞いてもらっているとわかると、勇実の口は滑らかになった。

逆に源三郎がどんなときに饒舌《じょうぜつ》になっていたか、思い出そうとしても、勇実は首をかしげてしまう。手習所で素読《そどく》を教える源三郎の声は朗々《ろうろう》としていたが、日頃のちょっとしたおしゃべりの声は静かだった。口数も少なかった。

「さればとて石にふとんも着せられず、か。ちょっと孝行してみたくなったときにはもう、親は墓石の下に眠っている」

源三郎が儚《はかな》くなったのは四年前だ。風邪をこじらせたと思ったら、あっという間に逝《い》ってしまった。

勇実は当時から父の手習所を手伝っていたから、そのまま引き継いで、筆子たちの面倒を見た。筆子たちは戸惑いながらも勇実を支えてくれた。

四年も経つと、あの頃の筆子たちは皆、手習所を巣立って一人前になっている。今ではもう、源三郎を知らない筆子ばかりになってしまった。

もともと源三郎は勘定所《かんじょうしょ》勤めの役人だった。勇実が十一の頃、唐突に源三郎は勤めを辞めて小普請入《こぶしんい》りし、この本所相生町《ほんじょあいおいちょう》に家移《やうつ》りすることとなった。

勘定所勤めだった頃の父がどんな人だったのか、勇実はよく覚えていない。知っているのは、女中のお吉《きち》だけだ。

お吉は、源三郎が元服した頃から白瀧家で働いており、家移りしてもついてきた。髪などほとんど白くなっているが、百まで生きてもぴんしゃんしていそうなくらいの元気者だ。

あたしは奥さまの味方でしたからね、と前置きして、お吉は言う。旦那さまはよくも悪くもまじめだけが取《と》り柄《え》でしたね、と。

勇実の母が若くして病に倒れたのは、あまりに忙しい父との仲がうまくいかず、心労が重なったせいだったと、お吉は思っているらしい。これについては源三郎も言い訳をしなかった。

自分はどうだろうか、と勇実はたまに考える。

父ほどまじめだとは思わない。ただ、夢中になると、ほかに何も目に入らなくなる。夢中になれないことについては面倒くさがりで、気が回るたちではない。

つらつらと考えごとをしているうちに、先ほど書き写したところの墨がすっかり乾いている。

いつの間にか帰ってきていた千紘が、勇実を呼んだ。

「兄上さま、ちょっと」

「どうした？」

「お客さまがお見えなんですけれど」

「私にか？」

千紘は、こっくりとうなずいた。千紘が客の取り次ぎをしているということは、お吉は買い物にでも出ているのだろう。

妙に静かな声で、千紘は言った。

「兄上さま、おえんさんという人、知ってます？」

千紘はくっきりした双眸《そうぼう》を上目遣いにして、勇実を見ている。疑わしそうな、怪しんでいるような、何とも言えない目つきだ。

おえん、という女の名は、さほど珍しいものでもないだろう。勇実が過去に関わったことのある人の中にも、その名を持つ人はいた。

日頃は胸の奥に押し込めている甘く苦い思い出が、ざわざわと奇妙な音を立てて、勇実をとらえた。

「おえんさんだって？」

自分の顔つきが変わったことを、勇実は千紘のまなざしから感じ取った。

「心当たりがあるようですね。一体どこでお知り合いになった人なんです？」

勇実は黙って立ち上がり、勝手口に向かった。

勝手口の表に女が立っていた。

女は、風呂敷《ふろしき》に包んだ荷を一つ、手に提《さ》げている。荷の中身は着物だろうか。かさばっており、ちょっとお出掛けを、という格好には見えない。

勇実の目は、否応なしに女の顔に引き寄せられた。記憶と違《たが》わぬ艶《つや》っぽい女が、いや、年月を経て艶が増したようにさえ見える美しい女が、にっこりと微笑《ほほえ》んだ。

「お久しぶり。あの頃よりもがっしりとして、男前になったじゃない。もう坊やだなんて言えないねえ」

艶やかで厚みのある唇は紅《べに》を差してあるが、本当はその必要もない。その唇は素肌のままでも熟《う》れたように赤く、そして、とろけんばかりに柔らかいのだ。

勇実は息苦しさとめまいを覚えた。心の臓の鳴る音がいやに大きく聞こえる。

もう忘れたつもりでいたのに、なぜ。

後ろからついてきた千紘の視線が、勇実の背中に刺さっている。だが、振り向いてやる余裕もない。

勇実は、かすれ声を絞り出した。

「お久しぶりです。どこにいらっしゃるのかと思っていました」

二度と会えないと考えていた。目の前から消えたおえんに会いたくてたまらず、愛《いと》しさと寂しさのあまり、かえって憎いように感じていた。ねじれた想いが苦しかった。だから、忘れようと努めていた。

おえんは、まっすぐに勇実を見つめている。

「今まで便りの一つも寄越さずにいたのに、急に押し掛けちまって図々《ずうずう》しいんだけどね、ちょいと助けてもらえないかしら」

勇実は浅い息を繰り返した。おえんに視線をからめとられながら、おえんではない人の顔が、勇実の脳裏《のうり》にちらちらと浮かんでいる。

その人はいつも、爽やかに甘いくちなしの香りを身にまとっている。長いまつげを伏せがちにして、明るい顔を見せることを恥じらうかのように、そっと微笑む癖がある。

次にいつ会うと約束もしていない。そもそも勇実のほうが勝手に、その人の顔を見たいと望んでいるだけだ。そうやって、心が浮き立つ出来事が日々の中に一つ二つある。そのことが何となく、悪くないと感じられる。これくらいでいい。

そう、深い仲など求めていないのだ。女にのめり込んでしまうのは、もう二度とごめんなのだから。

兄上さま、と千紘が勇実に呼びかけている。その声が妙に遠く聞こえる。おえんはにっこりと微笑んでいる。

勇実はおえんの前で、どうしようもなく、ただ立ち尽くしていた。

二

勇実が初めておえんと会ったのは、六年前の春だ。勇実は十八になったばかりだった。

書物問屋の仕事を請け負うようになったのが、ちょうどその頃だった。今も続けている、写本の仕事である。

勇実がやっているのは、史書やそれに注釈を入れた本を正確に書き写すという仕事だ。必要があれば、底本の誤りを正す朱書《しゅが》きを添える。時には字典の類《たぐい》の写本も作る。

勇実が写本の仕事に行き着いたのは、好きが高じた果てのことだ。勇実はほんの子供の時分から、唐土の英雄物語が好きだった。漢文で書かれた本も、いつの間にか読めるようになっていた。

十三かそこらになると、人から借りた本を書き写し、自分の書棚に蓄えるのが、勇実の楽しみになっていた。英雄物語だけでなく、本当に起こった出来事を記した史書も読み、書き写すようになっていた。

そうやって漢文に馴染《なじ》んでいたことと、すっきり整って読みやすい字を書くことが、ある旗本家の博識な大奥さまの目に留まった。

その大奥さまとは、千紘の手習いの師匠である井手口《いでぐち》家の百登枝《もとえ》である。勇実は百登枝ほどの蔵書家《ぞうしょか》をほかに知らない。百登枝は己の知をひけらかす人ではないが、問えば何でも答えてくれる。目を通した書物の中身をすべて覚えているらしい。

百登枝は、勇実にいろんな書物を貸してくれた。のみならず、勇実が手掛けた写本の出来を手放しで誉め、書物問屋に紹介し、仕事につなげてくれた。

翰学堂《かんがくどう》は日本橋《にほんばし》橘町《たちばなちょう》にある書物問屋だ。昌平坂学問所《しょうへいざかがくもんじょ》で学ぶ者や入所を目指す者が、主な客である。儒学の書も商うが、史学の書にこそ特に強い。

小難しくお堅い書物を扱う店だが、店主の志兵衛《しへえ》は気さくな男だ。初めて勇実が訪れたときにはすでに話が通っており、腕は信用していると太鼓判《たいこばん》を押された。

「白瀧勇実先生ですな。まずは仕事の流れをお話ししましょうか。この狭い店先で話すよりも、気楽なところへ行きましょう」

志兵衛にそう誘われて、店の裏手の路地へと入った。そのすぐのところに茶屋があった。

茶屋の暖簾《のれん》をくぐると、女がいた。勇実はどきりとした。ずいぶん年上のようだが、美しい人だと思った。女にしては背が高い。きびきびと立ち働く様子から、手足が長いのが見て取れた。

志兵衛は女を紹介した。

「おえんさんっていうんですよ。こちらの店の看板娘」

「やめとくれよ。娘だなんて年でもないんだから」

おえんは、さばさばとした話し方をした。勇実は二本差しで、志兵衛は学者風の出で立《い》ち《た》だったが、おえんは二人に対して、かけらほども気後れする様子はなかった。

とびっきりの美人というには、口が大きすぎる。だが、その厚みのある唇に、勇実は目を惹きつけられた。触れてみたいと思ってしまったのだ。

いや、そんなのはおかしい、いけないことだ、と勇実は己を戒《いまし》めた。部屋でこっそり美人画を見るときのような無遠慮な目を、出会ったばかりの生身の女に向けるなんて、いけない。

志兵衛は、おえんの茶屋によく顔を出すようだった。男やもめで四十五ほどの年頃の志兵衛は、仕事相手と話をするときに自分で茶を淹《い》れるよりも、おえんの茶屋を使うほうが気楽らしい。

「あたしの顔を見に来てくれてんでしょ」

「おう、そうとも。茶代をまけてくれると、なおいいんだがな」

「たった十六文の茶代を、これ以上まけてやれるもんかい。やだね、しみったれな男は」

志兵衛とおえんの間で、ぽんぽんと軽口が弾んでいた。

勇実がよほど困惑しているように見えたのか、志兵衛はきちんと「おえんさんの顔を見に来ているというのは冗談ですよ」と断りを入れた。

おえんは志兵衛の言葉にうなずきながら、腰に手を当てて笑い、勇実の顔をのぞき込んだ。

「ずいぶんかわいい人だねえ。この狸親父の店の仕事を請け負うってんだから、よっぽど頭がいいんだろうけど。神童ってやつかい？　いくつなの？」

「十八です」

「あら、あたしより一回りも下なんだ。そりゃあ、かわいいわよねえ」

床几《しょうぎ》は、店先に一つと店の中に二つあった。奥には、二階に続く階段が見えた。二階はおえんの住まいになっているらしい。

大きな呉服屋の敷地の隅にちょこんと建った店だ。おえんが言うには、呉服屋の大旦那《おおだんな》が妾《めかけ》に与えていた店だという。大旦那が亡くなり、妾も越していって空いていたのを、縁あっておえんが借りることになったらしい。

おえんは独り身だった。妾宅《しょうたく》だった店に住んでいるとはいえ、おえん自身はそうではないと笑い飛ばした。囲ってもらおうにも男運がちっともないんだもの、と、おえんはあっけらかんと打ち明けた。

勇実は茶を飲みつつ、志兵衛から仕事の話を聞かされ、初めの注文を受けた。おえんは心得た様子で、話の邪魔をしなかった。帰り際に、愛想のいいことを言ってくれた。

「たびたびこのへんに出てくるんでしょ。また顔を見せてちょうだい。この店、裏通りに引っ込んだところにあるもんで、ちょいと寂しいのよ」

上背《うわぜい》があるおえんは、すらりとしていながらも、肉づきがよかった。粋《いき》に着崩した小袖《こそで》の下に、どこもかしこも丸みを帯びた体の線が見て取れた。

まじめと言われることの多い勇実とて、当時は十八の健やかな男だった。ふとした弾みに女の人肌の色香を嗅ぎ取って、体の奥に火がおこるような心地になることもあった。

ただ、これほど強く、もっとこの人のことを知りたい、この人の心も体も知りたいと求めてしまうのは、初めてだった。

勇実は、うまく口が利けないほどに動揺しながら、おえんの笑顔や腰つき、割れた裾《すそ》からちらりとのぞいた脚の白さを、脳裏に焼きつけた。

二度目におえんに会ったのは、初めの仕事を納めに行った帰りだ。一人で茶屋に立ち寄るなど、それまでやってみたこともなかった。勇実は胸が高鳴った。

店の中には、何やら話し込んでいる客がいた。店先の床几で茶を飲む勇実に、おえんは話しかけてきた。

「今日はあんたひとりなんだね。狸親父の店に行った帰りかい？」

「ええ。初めての仕事で、お代をいただいてきました」

「あら、それじゃあ、初めて自分で稼いだお金を、うちの店で使っちゃってるってこと？」

「そうなりますね」

「嬉しいけど、駄目じゃないの。そういうお金は、親のためか愛しい人のために使うもんでしょ」

勇実は、どぎまぎして目を伏せた。愛しい人のため、と言われて、まさにそのとおりだと気づいてしまったせいだ。

せっかく自分で稼いだ金なのだから、何か特別な使い方をしたいと思った。だから、初めて一人で茶屋に入るということをやってみた。ほかでもないおえんの店を選んだのは、おえんにまた会いたかったからだ。

勇実は言い訳をするようにつぶやいた。

「帰りに、父や妹へのみやげを買うつもりです」

「妹さんがいるんだね。何だかわかるわ。あんた、優しい感じがするもの。妹さんは年が離れてるんじゃない？」

「十二です。おてんばな妹で」

「いいわねえ。あたしはだいぶ前に親も弟も死んじまって一人っきりだから、うらやましいわ。あんたのおとっつぁんは学者先生なのかい？　ああ、お侍さんは、おとっつぁんなんて言い方はしないか。礼儀がなってなくてごめんね」

「いえ、かまいません。父は手習所の師匠で、いろんな家柄の筆子に教えているので、父上母上ではなく、おとっつぁんおっかさんと、私も口にし慣れています。私も、父の手習所を手伝っているんです」

「あら、あんたも手習いを教えてるの。辛抱強《しんぼうづよ》くなけりゃ務まらない仕事よねえ。道理で、年の割に落ち着いて見えると思ったわ」

おえんは聞き上手《じょうず》だった。さほどおしゃべりなたちでもない勇実が、言葉を継ぐのが楽しくて仕方なくなった。家の話、日々の暮らしの話から始まって、勇実はいつの間にか、自分が好きな史学の話まで、夢中になってしゃべっていた。

ほかの客がおえんを呼んだのをきっかけに、勇実は、はっと我に返った。

「すみません。こんな込み入った歴史の話なんて、おもしろくもなかったでしょう? 小難しいことにのめり込むなんて変わり者だと、よく言われるんです」

井手口家の百登枝や輪学堂の志兵衛を除いては、勇実と対等に話せる人はいない。父でさえも、勇実の史学道楽は大したものだ、と遠くを見るような目をする。

案の定、おえんも細かいことまではわからなかったらしい。だが、おえんは嫌な顔ひとつせず、勇実の目をまっすぐに見て、くすりと笑った。

「変わり者でもいいんじゃない? あたしは、目をきらきらさせて語ってるあんたの顔、好きだけどね。楽しそうなんだもの。こっちも嬉しくなっちまう」

その一言で、勇実は落ちた。

丸ごと受け入れてもらった、という喜びは大きかった。年頃の近い娘たちと話したときには感じたことのなかった気持ちが、勇実の胸で沸き立っていた。

惚れてしまった。初めから目を惹かれて仕方がなかったが、これはただの憧れではない。色恋というものだ。

十二も年上の美しく熟れた女、きっと酸《す》いも甘いも嚙み分けてきたであろう女に、勇実はすっかり心を奪われた。釣り合いがとれるはずもないのに、踏みとどまることなどできなかった。

以来、勇実は何かと用をこしらえては日本橋へ足を延ばし、おえんの茶屋に顔を出すようになった。雨の日は胸が躍った。ほかの客がめったに来ない上、雨宿りという口実で長居ができるからだ。

おえんのことを、いつも目で追っていた。おえんが湯呑《ゆのみ》に茶を注ぐ仕草、前掛けをした腰のなだらかな線、ほつれ髪を耳に掛ける指先、広めに抜いた襟《えり》から見えるうなじの白さ、ふっくらと熟れたように赤い唇。

ふとおえんが振り向くときも、勇実は目をそらしてしまう。視線が絡むたび、息が苦しくなる。

はっきりと告げずとも、おえんに勇実の気持ちは通じていただろう。だからといって、おえんが勇実になびくそぶりはまったくなかった。

おえんは何かにつけて、勇実のことを坊やと呼んだ。だが、勇実がおえんに向ける気持ちは、子供心の憧れなどではない。勇実はそれを示したくて仕方がなかった。抗《あらが》いがたい欲が膨れ上がっていった。

勇実は、寝ても覚めても、おえんのことばかり考えていた。


見つめるだけの日々が変わったのは、夏の盛りのことだった。

さほど急ぎではない仕事を手早く納めたその日は、かんかん照りで暑かった。あまりに暑く、外を歩く者もいなかったほどだ。

茶屋の暖簾をくぐると、おえんは目を丸くした。

「あら、こんな暑さじゃ商売あがったりだと思っていたら、わざわざ来てくれるなんて。あんたも律儀《りちぎ》ねえ」

おえんの顔を見てほっとして、気が抜けた。白昼《はくちゅう》の日差しから屋根の下の薄暗さに目が慣れず、めまいがした。

ぐらり、と視界が揺れた。

勇実はへたり込んだ。おえんが慌《あわ》てて飛んでくる。大丈夫です、と勇実は口にしたつもりだった。

そのまま目の前が、すうっと暗くなった。

暑気中《しょきあ》たりで倒れてしまったらしい。ああ、まずいことになったなと、気が遠くなる中でぼんやりと考えた。

次に気がついたとき、勇実は、二つ並べた床几の上に横たわっていた。

勇実は目を開けた。くつろげた襟元にかすかな風を感じた。おえんがすぐそばに腰掛けて、扇子《せんす》で風を送ってくれていたのだ。

おえんは、ぱっと喜色《きしょく》をあらわにした。

「ああ、よかった。目を覚ましたね。いくら若くて体が強いったって、暑さを舐めてかかっちゃいけないよ。まだつらいかい？」

勇実は返事をしようとしたが、からからに渇いた喉《のど》は、咳《せき》を一つこぼしただけだった。

おえんは勇実の体を支えて起こし、白湯《さゆ》を飲ませてくれた。塩漬けの桜が入った白湯だ。ほのかに塩辛い味が、信じられないくらいおいしかった。

一気に飲み干すと、また、ぐらりとめまいがした。頭が痛かった。

「やっぱり、まだ熱が下がってないみたい。困ったねえ」

おえんの手が勇実の額や首筋に触れるたび、心の臓がひどくうるさく鳴った。吐く息が妙に熱いのは、暑気に中てられた体の具合のせいなのか、それともおえんに世話を焼かれているからなのか。

勇実は、息も絶え絶えに問うた。

「あと少しここで休ませてもらってもいいですか?」

「もちろんよ。この暑さじゃあお客も来ないし、暖簾もしまっちゃったから、気にせず休んでちょうだい」

「ありがとうございます」

もう一杯、ほのかな塩味のする白湯をもらうと、勇実は再び横になって眠った。

夢うつつのさなか、おえんの手が額に触れるのを感じた。勇実はその手を握った。しなやかな手だった。勇実はぼうっとしながら、おえんの手に口づけた。

勇実が次に起きたときには、もうずいぶん涼しかった。気だるさも頭の痛みも去っていた。どうやら快復したらしい。

行灯《あんどん》がともされていた。外が真っ暗になるまで、勇実は眠っていたのだ。

おえんは行灯のそばで繕《つくろ》い物《もの》をしていた。勇実が身を起こすと、おえんは顔を上げて微笑んだ。

「よかった。すっきりした顔をしてるよ。熱は下がったみたいだね」

「はい。おかげさまで。あの、今は」

「そろそろ宵《よい》の五つ（午後八時頃）さ。冷ましておいたお茶があるよ。飲むかい？」

「いただきます」

勇実はおえんから湯呑を受け取って喉を潤《うるお》した。昼から何も食べていないが、まだ胃の腑《ふ》が本調子ではないらしく、腹が減ったと感じられない。

床几の上に寝ていたせいで、背中がいくらか痛んだ。勇実は体をほぐそうとして何気なく身じろぎし、はっとして、慌てて前を掻《か》き合わせた。

腰に差していたはずの刀がないのはもちろんのこと、袴《はかま》も脱がされている。それどころか帯まで解かれており、肌も下帯《したおび》もあらわになっていた。

おえんはくすりと笑った。

「勝手なことしてごめんね。あんた、熱に中てられて倒れたとき、息を切らしていたからさ、締めつけがある着物はよくないと思って、お侍さん相手に申し訳なかったけど、袴は脱がしちゃったよ。刀もね。刀って重いんだねえ」

「お、お気遣い、ありがとうございます。お見苦しいところを、あの……すみません」

「そうびくびくしないどくれ。取って食いやしないよ。翰学堂の志兵衛さんに、あんたのことを知らせておいたわ。志兵衛さんも心配してたよ。手伝いの小僧さんを本所まで走らせて、お屋敷のほうにも伝えておいてくれるって」

「そ、そうですか。何から何まで、ありがとうございます」

「志兵衛さんね、あんたが目を覚ましたら、翰学堂においでって言ってたよ。狭い店とはいえ、一晩泊めてやれるくらいの余裕はあるからってさ」

「いえ、でも、そんなご迷惑は……」

「いいのよ。あたしにせよ志兵衛さんにせよ、あんたみたいにかわいい坊やを放り出したりなんてできないんだから。何か食べられるようなら、買ってきたげようか？」

勇実はそろりと視線を上げ、おえんを見た。

「おえんさんのような女の人が夜に一人で外を歩くものではないと思います。危ないでしょう」

　不意を打たれたように、おえんは目を丸くした。それから、ひっそりと笑った。

「やだやだ、こんな大年増《おおどしま》を相手に、何を言ってるのよ。あたしなんて、売れ残りもいいところなんだから」

「私には、おえんさんが独り身だというのが信じられません。男が、おえんさんみたいな人を放っておくだなんて」

「そりゃね、あたしだって、今までなぁんにもなかったわけじゃないわよ。でも、男運がないんだよねえ。いや、男を見る目がないのか。あたしのおっかさん、美人だったんだよ。あたしもおっかさんに似てるはずなんだけど、近頃はねえ」

「今だって美人だと思います」

「はいはい、ありがとさん」

　勇実は声を大きくした。

「本気で言っているんです。おえんさんのためにこの店に通う男、いるでしょう？」

「どうかしら。そんな物好きは、あんたくらいのもんよ」

おえんはあくまでからかうそぶりで、勇実のそばに腰を下ろした。

勇実は、おえんの唇に目を奪われた。触れてみたいと思っていた、艶やかで厚い唇が、すぐそこにある。勇実がほんの少し動くだけで本当に触れられるほどの近さに。

何かを考えるより先に、体が動いた。

勇実はおえんの口を吸った。思い描いていたよりずっと、とろけそうなくらいに、おえんの唇は柔らかかった。

おえんは目を見張り、ぱっと後ろに身を引こうとした。

「ちょっと、急に何よ」

勇実はおえんの肩をつかんだ。

「急ではないんです。私は前から、おえんさんのことだけ見ていましたから。気づいていたでしょう？　私はおえんさんに惚れているんです」

「待って。あんた、ちゃんとした侍の坊《ぼっ》ちゃんが、こんなこと……」

驚いた様子のおえんの言葉を、勇実が封じた。勇実はおえんを抱き寄せ、初めのときより強引に唇を奪った。

いけないことをしているのかもしれないと、頭の隅でぼんやりと思った。いや、本当にこれはいけないことなのだろうか。何がいけないのだろうか。熱に浮かされたように回らない頭で考えても、よくわからなかった。

息が切れてきて、口づけをやめた。

行灯の明かりを受けて、おえんの目の中に、得《え》も言われぬ光がともっていた。

「あんた、どういうつもりなの？　子供の戯《たわむ》れで済ませられないよ」

「私は子供じゃありません。戯れのつもりもありません」

「どうしてあたしなのよ。一回りも違う大年増なのに」

「年はどうでもいいんです。それとも、おえんさんは、私のような若輩者《じゃくはいもの》は嫌いですか？」

おえんは笑った。

「馬鹿ねえ」

言葉とは裏腹に、決して馬鹿にした笑い方ではなかった。

その晩、勇実はおえんの部屋に泊まった。

朝を迎えてもなお、おえんは勇実を坊やと呼び、かわいいと言い、馬鹿ねえと優しく笑った。

三

その女を連れてきて引き合わせた途端、兄は気圧《けお》されたように顔色を変えた。女は勇実よりずっと年上だ。しかし、勇実が女に向ける目からは、ただならぬ情が感じ取れた。

千紘は、そんな兄の様子を、信じられない思いで見ていた。

とにもかくにも、おえんと名乗った女が勇実と旧知の仲であることは確かなようだ。わざわざ訪ねてきてくれたのだから、勝手口で立ちっぱなしにさせるわけにもいかない。

うんともすんとも言わなくなった勇実に代わって、千紘はおえんに告げた。

「兄にお話があるのでしたら、どうぞお上がりください」

愛想笑《あいそわら》いの一つもできればよかったが、胸がざわついて、うまくできなかった。

おえんのほうは、余裕たっぷりに千紘を見て、にっこり微笑んだ。

「上がらせてもらうわね。千紘ちゃん、よね？」

「ええ」

「お兄さんからいろいろ聞いてたんだよ。すっかりきれいな娘さんになったんだねえ。あの頃は、まだほんの子供だったそうだけど」

「あの頃？」

おえんは下駄《げた》を脱ぎ、上《あ》がり框《かまち》に足を掛けた。ひらりと裾が割れ、真っ赤な蹴出《けだ》しがのぞいた。その赤に、素足の白さが映える。

同じ女の千紘でさえ、どきりとした。勇実はおえんの一挙手一投足《いっきょしゅいっとうそく》を見据えたまま、固まっている。

おえんは、女としては大柄だ。手足が長く、袷《あわせ》の小袖の上からでも、体の線がはっきりとわかる。だからといって下品なわけではない。

あけすけな色香を放つおえんは、美しい。きっと、自分がどう装えばいちばん美しくなるか、きちんと知っているのだ。自信に満ちた振る舞いをしている。

兄上さまも、この人のまっすぐな色香に惑ってしまったんだわ。女の勘で、千紘はそう思った。

縁側に面した明るい部屋におえんを通し、お茶を出した。

勇実は黙りこくっている。まずはおえんのことを紹介してもらわなければ、話を進めようもない。それなのに、千紘が勇実に目で合図を送ろうにも、勇実は千紘の視線を避けてばかりいる。

仕方なく、千紘がおえんに問うた。

「おえんさんは、なぜ兄のことをご存じなのですか？」

「あら、あたしのことは何も知らない？」

「兄の口からは聞かされたことがありません」

おえんは勇実のほうを向いて微笑んだ。きりりとした色の紅が塗られた厚い唇は、否《いや》が応《おう》でも人の目を惹きつける。

「あたしのことは内緒だったんだね。当たり前かしら。背伸びをしたところで、坊やだったものねえ」

千紘は目を剝《む》いた。

「坊やって……何ですか、それ」

「十八だったでしょ、勇実さん。お侍さんだってのに、ちっともえらぶったところがなくて、素直でかわいかったんだから」

「兄が十八なら、六年ほど前ということですか？　あなた、兄とずいぶん、その、親しかったみたいですけれど」

言葉を探しながら確かめる千紘に、おえんは笑い出した。

「そうね。ずいぶん親しかった頃があると言わなきゃ、嘘になるわよねえ。勇実さんの体のどこにほくろがあるかだって知ってるんだから」

「はい？」

千紘はつい、上ずった声を出してしまった。ほとんど悲鳴のような声だ。

勇実がみるみるうちに赤くなった。

「おえんさん、千紘の前でそういう話は……」

「あら、ごめんなさいね。口が過ぎちゃったみたい」

うろたえた勇実の顔を見れば、おえんが言っているのが真実だとわかる。ほくろの位置どころか、もっと際どいことをいくらでも知っていると、おえんの嫣然《えんぜん》とした笑みは告げているかのようだ。

「兄上さまが十八の頃って、あなた、ずいぶん年が離れているでしょう？」

「そうね。一回り違うの。あたしはあの頃、三十だった」

「一回りも離れていたら、十八なんて子供みたいなものじゃありませんか。そうでしょ？ あなた、どういうつもりだったんです？」

「まったくそのとおりよねえ。こっちから手を出そうなんて思ってなかったわよ。勇実さんに押し切られちゃったけど」

形の上では勇実が押し切ったのだとしても、罠《わな》を仕掛けたのはおえんのほうだったのではないか、と千紘は疑った。おえんの色香に誘われたら、十八の若造など、ひとたまりもないだろう。

「ど、どこで知り合ったんですか！」

「日本橋橘町よ。あの頃、あたしはそこで茶屋をやっていたの。ほら、書物問屋の輸学堂って、わかるかしら」

「わかりますけど」

「あのすぐそばで、小さな店をやってたのよ。勇実さんは、輸学堂の志兵衛さんに連れられて、客として来てくれたの。それが始まり。今はもう、その店も建物ごとなくなっちまったんだけどね」

「茶屋って、水茶屋《みずぢゃや》ですか？」

「ええ、水茶屋よ。千紘ちゃんも出先でお友達とお茶を飲んだりするでしょ。そういうお店」

千紘は眉をひそめた。

おえんの店は、本当にただの水茶屋だったのか。もしや、色事をおこなうことが目的の出合茶屋《であいぢゃや》ではなかったのか。勇実は十八の頃、一体どんな店に入りびたっていたというのか。

疑いの念が千紘の胸中で膨れ上がっていく。千紘は勇実を睨《にら》みつけた。

勇実は千紘から目をそらし、おえんのほうも見ることができずにいる。どうにか絞り出した言葉も、しどろもどろだった。

「おえんさん、あの、なぜ今になって私を訪ねてきて……いえ、どうやってここがわかったんです？」

「勇実さんがお屋敷の場所を教えてくれてたでしょ。本所相生町三丁目の竪川通《たてかわどお》りの北側にある、剣術道場の隣のお屋敷なんだって。ちゃんと覚えてたのよ。忘れてあげようって思ってたんだけどねえ」

「そんなに詳しく言いましたっけ」

「ええ、聞いたわよ。昔住んでたほうのお屋敷の場所も、おとっつぁんや千紘ちゃんのこと、三十二で死んだおっかさんのこと、幼馴染みの龍治《りゅうじ》さん、行きつけの湯屋、剣術道場の修業仲間、史学道楽の旗本の大奥さまのことも、いろいろね」

「そう……そうでしたね」

「あんたは、気を許した相手の前ではおしゃべりになるでしょ。まあ、それはそれとして、今日なぜここへ来たかというとね、お願いがあって。あたし、今、行くとこがないのよ。しばらくここに置いてもらえない？」

勇実は、ぽかんとして顔を上げた。おえんは勇実の目をじっと見つめている。

誰も言葉を発しない間が落ちた。

千紘は大きな声を上げた。

「急に何を言い出すんですか！　ここに置くって、あなた、兄上さまのお嫁さんにでもなるつもり？」

おえんはかぶりを振った。

「そんな図々しいことは望んじゃいないわ。あたし、三十六だよ。生まれも育ちもいやしいほうだしねえ。お侍さんのご新造《しんぞう》さんなんて、なれやしない。そんなことはわかってるの」

「だったら、どういうつもりなんです？」

「何でもするから、便利なように使ってもらえないかしら」

「お断りします。家事の手は間に合ってます。わたしもいるし、もうずっと前から働いてくれているお吉もいます。もちろん御家人でも裕福な家もあって、そこは女中もたくさんいるんでしょうけど、うちはそんなんじゃありませんから」

言《い》い募《つの》りながら、千紘は気がついた。おえんが言う「何でもする」というのはきっと、家事だけを指すのではない。男女の仲を求めるのならそれでもかまわないと、そういう意味だ。ずいぶんと大胆な申し出である。

おえんは悩ましげに息をついた。ちょっとした仕草の一つさえ美しく、さまになる。

まるで鳥居清長《とりいきよなが》の美人画そのものだ、と千紘は思った。伸びやかで肉づきのよい、背の高い美人。すらりとしていながら、白い肢体を形作る線は、どこもかしこもまろやかなのだ。

おえんは、まっすぐ勇実のほうを向いて微笑んだ。

「今の勇実さんのこと、少しだけ志兵衛さんから聞いてきたのよ。おとっつぁんが亡くなって、ばたばたしているうちに、お嫁さんをもらいそこねてるんだって? 決まった相手もいないままだって話だから、来ちまったの」

千紘はおえんの言葉に嚙みついた。

「兄上さまにお相手がいるなら顔を出したりしなかったって言いたいんですか?」

「もちろんそのとおりよ。本当は、お相手がいてもいなくても、もう二度と、勇実さんの前に姿を現すつもりはなかったんだけどねえ」

「でも、こうして来てしまったのですよね？」

「ちょいと困ってるのよ。頼れる相手がいなくってさ。ねえ、勇実さん。話だけでも聞いてもらえないかしら」

答えを求められても、勇実は目を泳がせるばかりだ。

千紘は、ばん、と畳を叩いた。

「兄上さま、いい加減にして！　兄上さまがはっきりしないと、話が進まないでしょう！」

勇実はのけぞった。

ああ駄目だ、と千紘は思った。今の勇実は使い物にならない。おえんに気圧され、千紘にも気圧されて、ろくに頭が回っていない顔をしている。

のんびりしているというか、ぼんやりしているというか、頭がいいくせに考えが浅いというか、いっそ何も考えていないというか。勇実のそういうところが、千紘には我慢ならないのだ。

千紘は立ち上がった。

「もう兄上さまなんか知らない！」

千紘は、おえんが引き留めようとする声も聞かず、屋敷を飛び出した。

白瀧家と屋敷地を接しているのは、剣術道場を営む矢島《やじま》家である。両家の境に垣根はあるが、木戸は壊れたまま、開きっぱなしになっている。

矢島家の敷地は、白瀧家と違って広い。母屋《おもや》のほかに剣術道場と離れがある。勇実が父から引き継いだ手習所は、矢島家の離れを使って開いている。

千紘が五つの頃、白瀧家は矢島家の隣に越してきた。矢島家には九つの男の子、龍治がいて、何くれと千紘の面倒を見てくれた。

実の兄の勇実より、血のつながりがない龍治のほうが、頼《たよ》り甲斐《がい》がある。昔から千紘はそう思っている。

龍治はいたずら好きで子供っぽいところもあるが、本当は優しくて、目配りが細やかだ。きっぱりとしたたちで、ずるずると答えを先延ばしになどしない。だから、優柔不断な勇実についての愚痴《ぐち》をぶちまける相手は、龍治のほかにいないのだ。

壊れた木戸をくぐって矢島家のほうへ行くと、ちょうど龍治は庭にいた。木陰で首筋をあおいでいる。稽古の合間に一息入れているところのようだ。

龍治は剣術道場の次期師範である。毎日、稽古着で汗みずくになって、木刀を振るっている。

男としては小柄な龍治は、幼顔《おさながお》でもあって、とても二十二には見えない。舐めてかかる者もいるそうだが、身の軽さを活かした剣技は冴《さ》えたものだ。よほどの手練《てだ》れでなければ、龍治を打ち負かすことなどできない。

ずんずんと近づいてくる千紘に、龍治はきょとんと目を丸くした。

「どうした、千紘さん。怒ってるのか？」

「怒ってます」

「だよなあ。勇実さんと喧嘩でもしたか？」

「ここじゃ言えません。ちょっと来てください」

千紘は龍治の腕をつかんだ。汗ばんだ腕は、思いがけず骨が太く、引き締まった肉が硬い。千紘は道場の勝手口のほうへ、龍治を引っ張っていった。

「来てくださいって、どこに？」

「龍治さんの部屋」

「えっ、待ってくれ。いきなりかよ。困るって」

「いいでしょ。ちょっとくらい散らかっていても、わたしは気にしませんから」

「そういうことじゃなくてだな」

龍治は十二かそこらの頃から母屋《おもや》を離れ、道場の脇部屋に住み着いている。親とべたべた一緒にいるなんて格好が悪い、と生意気なことを言っていたのを、千紘も何となく覚えている。

以前は勇実もよく龍治の部屋に泊まっていた。勇実が白瀧家の屋敷を自分の居所だと思うようになったのは、きっと、父の源三郎が亡くなってからだ。

そう、今でこそ勇実は屋敷に引きこもってばかりだが、十代後半の頃の勇実は、千紘と同じ屋敷で過ごすことがひどく少なかった。だから、勇実がおえんと会っていたことも、千紘はまったく知らなかったのだ。

龍治の部屋は、それなりに片づいていた。

布団は隅にきちんと畳まれている。稽古着をしまっているらしい長持《ながもち》が一つと、碁盤《ごばん》や数冊の本がある。壁には刀掛けが据えつけられ、木刀がずらりと掛けてある。床の間に一振《ひとふり》、短刀が飾られている。

短刀の隣に、真新しい絵があった。犬の一家の絵だ。

赤い布を首に巻いた茶色の犬が、一家の父親である。望月湯《もちづきゆ》の佐助《さすけ》といって、龍治がかわいがっている犬だ。

先頃、佐助のところに五匹の子犬が生まれたが、望月湯の客が次々と名乗り出て、あっという間に里親が決まってしまった。子犬の里親になりそこねた龍治は、代わりに絵だけをもらってきた。子犬はまだ望月湯にいるので、龍治はしょっちゅう佐助のところに入りびたり、ふわふわの小さな獣に夢中になっている。

千紘が龍治の部屋を訪れるのは、ずいぶん久しぶりだった。それこそ勇実がこの部屋に居着いてばかりいた頃に、ごはんができましたと、勇実と龍治を二人まとめて呼びに来ていたのが最後ではないか。

龍治は壁に背を預け、ばつが悪そうに頭を掻いた。

「あんまりあちこち、じろじろ見ないでくれよ」

「見られて困るものがあるのですか？　艶本《えんぽん》を隠し持っているくらいなら、別に驚きませんよ」

「そりゃどうも」

「部屋じゅう、龍治さんの匂いがする」

龍治はその途端、ぱっと頬《ほほ》を赤くした。

「どんな匂いだよ！　汗くさい部屋で悪かったな。それで、急に何の用なんだ？」

そっぽを向いた龍治の横顔からは、幼顔の印象が薄れる。鼻筋や顎《あご》の線、喉仏が尖《とが》った首筋は、大人の男のそれだ。

千紘は気まずい思いを胸に隠して、小声で切り出した。

「龍治さんもあまり大きな声を出さないでくださいね。人に聞かれたくない話なんです」

「何だそりゃ。俺が何か千紘さんの気に障《さわ》ることをしたってわけじゃあねえよな？」

「違います。龍治さんが悪いときは、わたし、珠代《たまよ》おばさまに告げ口するもの」

母の名を出されて、龍治はげんなりした顔になった。その顔立ちは母親似で整っており、千紘がうらやましくなるくらい肌もきれいだ。

「それじゃあ、やっぱり勇実さんか。何をやらかしたんだ？」

「女の人が押しかけてきました」

龍治は目を丸くした。

「女？」

「はい。女の人が、屋敷に置いてほしい、何でもするからって言って、押しかけてきたんですよ。前に兄上さまとそういう仲だったらしいんです」

「そういう仲って、男と女だったってことか？」

千紘はうなずいた。落ち着いて話そうと思っても、ついつい、しかめっ面になってしまう。

「龍治さんは、おえんさんって知ってます？」

「知らねえ。押しかけてきた女の名前が、おえんさんってのか」

「はい。確かにきれいな人なんです。すごく色っぽくて。でも、ずいぶん年上なんですよ。今、三十六ですって」

「勇実さんより一回り上か」

「ちょっと信じられないでしょう？　でも兄上さまの様子を見る限り、本当の話みたい。何だかもう、気持ち悪いの。兄上さまにいい人ができたら嬉しいとは思います。でも、うまく言えないけれど、今はどうしても腹が立って気持ち悪くて」

「気持ち悪い、か」

「おじさまにもおばさまにも、こんな話できないでしょう。だから龍治さん、何とかしてください」

龍治は天井を仰《あお》いで、ほう、と息をついた。

「勇実さんがそのおえんさんって人と会ってたのは、六年くらい前じゃねえか？　勇実さんが十八の頃」

千紘は身を乗り出した。

「やっぱり龍治さん、知ってたんじゃないですか！」

「相手がどんな女なのかは知らなかったぜ。ただ、勇実さんが女と会ってるなってのは察してた。ふらっといなくなったり、夜帰ってこなかったり、上の空だったり、着物に女の匂いが移ってたりと、わかりやすかったからな」

「そうだったんですか？」

「千紘さんはまだ子供だったから、わからなかったんだろう。勇実さんが屋敷に戻ってなくても、俺と一緒にいると思ってたんじゃねえか？」

「はい。夕餉《ゆうげ》のときや夜に兄上さまが顔を見せなくても、龍治さんと一緒に湯屋にでも行っているか、この部屋に泊まっているんだと思ってました」

「俺がうまくごまかして、口裏を合わせてやっていたんだ。勇実さんから頼まれたわけじゃないけどさ。勇実さんは俺に対しても、はっきりしたことを明かしちゃくれなかった。何かわけありなのかと勘繰《かんぐ》ってたんだが」

千紘は唇を尖らせた。

「おえんさんはその頃、日本橋で水茶屋の女主人をやっていたそうです。持てそうな人ですよ。きれいで堂々としていて、背が高くて、手足がすらっと長くて」

「鳥居清長が描いたような美人？」

「そう、まさにそうなんです。龍治さん、どうしてわかるんです？」

龍治は呆れ顔をした。

「勇実さんも正直だな。昔、勇実さんが貸本屋から借りてきてご執心《しゅうしん》だったのが、清長の美人画や笑い絵だったんだ」

「昔っていつです？」

「おえんさんに出会うより何年も前だよ」

「ええ……いえ、待って。そもそも貸本屋の笑い絵って、どうして龍治さんが兄上さまの好みなんて知ってるんですか？」

笑い絵とは、色事を描いた絵のことだ。大っぴらには禁じられているが、男も女もある程度の年頃になれば、どこからともなく手に入れて、こっそりと見るようになる。

ひそかな楽しみである一方、笑い絵は濡れ絵ともいい、火事除《よ》けのまじないともされる。長持の底などに潜ませておくのだ。戦国の世の鎧武者《よろいむしゃ》は色事の絵を勝ち絵とも呼んで、お守り代わりに身につけていたという。

　龍治は気まずそうに頬を掻いた。

「勇実さんを筆頭に、道場の門下生で俺より年上の連中が、この部屋によく笑い絵を持ち込んで、ああだこうだ論じてたんだよ。おかげで俺はだいぶ早いうちから、いわゆる門前の小僧云々《うんぬん》だったというわけだ」

「だいぶ早いうちって、いくつの頃からなのよ？　呆れた。知らなかったわ」

「千紘さんに言えるもんか」

「そうよね。わたし、本当に全然知らなかった。兄上さまって色事に興味がないのかしら、とさえ思っていたんです」

　龍治はきっぱりとかぶりを振った。

「色事に興味がないどころか、勇実さんは人一倍こだわるたちだぜ」

　千紘は面食らった。

「嘘でしょう？」

「本当だ。勇実さんは学者肌だし、唐土の房中術《ぼうちゅうじゅつ》の本も読んでるからいろいろ詳しく知ってて、こだわるんだよ。日ノ本の笑い絵は女の乳の描き方がおろそかなのがよくないとか……」

「嫌！　聞きたくない！」

千紘は両手で耳をふさいだ。耳も頰も熱くなっている。千紘が上目遣いで睨みつけると、龍治は斜《はす》を向いて咳払いをし、話を変えた。

「まあとにかくだな、勇実さんが十八の頃に女に入れ込んでたのは本当のことで、その相手がずいぶん年上だったってのも勇実さんらしいと、俺は思う」

「兄上さまらしいですか？　どうしてです？」

「勇実さんは、亡くなった母上の面影《おもかげ》を追い求めてるところがあるんだよ。幼い頃に剣術の稽古に励んだのは母上を守りたかったからだとか、母上は厳しいけど優しくてきれいな人だったとか、今でもたまに言ってる」

「言われてみれば、確かにそうかもしれません。わたしは母上さまが亡くなった頃にはまだ幼くて、母上さまのことをあまり覚えていないけれど」

「勇実さんは、自分の母上という人を、世の女の中でいちばん美しいとでも思っているんじゃないかな。自分でも気づかないうちにだ」

千紘も腑に落ちた。

母の面影と考えるならば、十八の勇実が三十のおえんに惚れたというのも、むしろ道理だ。

「でも、それなら、なぜ兄上さまは誰にもおえんさんのことを話さなかったのかしら。心の底からおえんさんのことが好きなら、ちゃんとまわりにも明かせばよかったのに」

「さてね。いつかは明らかにしたいと思っていたのかもしれねえが、その日が来るより前に振られたんじゃないのかな」

「振られた？」

「ああ、振られたのは勇実さんのほうさ。それだけは、はっきり話してくれた。勇実さんが十八の頃の冬、相手がいきなり姿を消したんだって。ある人のもとに嫁《とつ》ぐから勇実さんとはもう会わないっていう、短い手紙だけを残してな」

「まあ。そして、それっきりになったのですね」

「たぶんな。あのときの勇実さん、やけ酒を飲んで起き上がれなくなったんだよ。それで、風邪をひいて熱があるからって俺が嘘をついて、この部屋で寝かせておいたというわけ」

「兄上さまが寝込んだことなら覚えているわ。風邪じゃなかったんですね」

「火遊びみたいな恋を、初めから終わりまで隠し通したってことだ。あれ以来、勇実さんには浮いた話がなかった。痛い目を見て、懲《こ》りたんだろうな」

「近頃はちょっと違うわ。兄上さまは、菊香《きくか》さんのことを目で追っているもの」

菊香は、八丁堀《はっちょうぼり》に住む旗本の亀岡《かめおか》家の娘だ。ひょんなことから千紘と親しくなり、屋敷地は離れているものの、しょっちゅう互いに行き来をしている。

勇実ははっきりしたことを言わないが、菊香に惹かれているのは間違いないと、千紘は思う。さっき龍治が言った、母の面影という点においても、千紘には心当たりがある。

「母上さまはお料理が好きで得意で、お吉も母上さまに味つけを教わったんですって。そうしたら、たまたまだけれど、菊香さんが作る料理がうちの味つけと似ているんです。兄上さまは、菊香さんの料理をすごく誉めるんですよね」

「なるほど。菊香さんって、二十《はたち》だっけ。物腰が落ち着いてるから、もっと上に見えるよな。あ、いや、老けてるって意味じゃなくて」

慌てて龍治は付け加えた。

千紘は、ぽんと手を打った。

「そうだわ、菊香さんよ。菊香さんを連れてきたらいいんだわ」

「連れてくる？」

「おえんさんは、兄上さまに恋人も許婚《いいなずけ》もいないことを確かめてから訪ねてきたらしいの。でも、実は菊香さんという人がいるでしょう。おえんさんがうちに居座ったら、兄上さまは困るはずよ」

龍治は難しそうに顔をしかめた。

「まあ、そうかもしれねえが。でも、菊香さんを連れてきて、どうするんだ？　菊香さんのほうは、勇実さんに対してあっさりしたもんだろ。修羅場《しゅらば》に巻き込むのはどうかと思うぜ」

千紘は壁際の龍治のところへにじり寄った。

「じゃあ、どうすればいいんです？　代わりの案は？　わたしは、おえんさんに居座られるのは絶対に嫌よ」

「そう毛嫌いするもんかね」

「兄上さまとの間に何か起こるかもしれないでしょう？　おえんさんの申し出は、自分のことを好きにしてくれてかまわない、みたいな言い草だったの。わたし、そういうのは嫌なんです」

「そうはっきり言っちまうのは、子供っぽいわがままじゃねえかな。おえんさんもわけがあって訪ねてきたんだろうし」

「龍治さん、どうしてそっちの味方をするのよ！」

千紘は、龍治が背を預けた壁を、ばしんと叩いた。龍治の耳のすぐそばを、千紘の平手がかすめた。

龍治は壁と千紘の間に挟まれて、目を白黒させている。

千紘は龍治に顔を近づけて凄《すご》んだ。

「龍治さん、わかってます？　わたしはほかに頼れる人がいなくて、困り果てて龍治さんに相談しに来たんですよ。もっと親身になって助けてくれると期待していたんですけど」

追い詰められたように、龍治は目を泳がせた。

「すまん、わかった。俺は千紘さんの味方をする」

「そうですよね。では龍治さん。菊香さんを呼んできてください」

「俺が？」

「龍治さんは足が速いでしょう？　わたし、このままじゃ困るの。行ってきてください、龍治さん」

千紘が睨むと、龍治は目を閉じ、はあ、と肩で息をした。

「承知した。今すぐ行ってくるから、まずはちょっと離れてくれ」

「わかればいいのよ」

千紘は満面に笑みを浮かべ、龍治の肩をぽんと叩いた。龍治はそっぽを向いて、また、肩を揺らすほど大きく息をついた。

「とんだとばっちりだよ」

「わたしだって、兄上さまのせいで、とばっちりを受けたようなものです」

龍治は、言葉にならない何事かを呻《うめ》いたが、仕切り直すように、ぱっと立ち上がった。

「仕方ねえな。ひとっ走り、行ってくる」

「よろしくお願いします。お礼に、部屋のお掃除をしておいてあげましょうか?」

「よしてくれよ。そんなに汚くしてないだろう」

「隠した笑い絵や艶本が見つかると困るんでしょ。門前の小僧だった龍治さんは、どういうのが好きなの?」

龍治は木刀を腰に差しながら、苦々しい顔をした。

「教えねえ」

そして、部屋から飛び出していった。

一人残された千紘は、我知らず、膨れっ面になってしまった。

「あの言い方。やっぱり、この部屋のどこかに隠しているんだわ。龍治さんでも、そういうものを持っているのね」

何となく、おもしろくなかった。

四

おえんはため息をついた。

「千紘ちゃんを怒らせちまったわね。仕方ないわ。あたしが悪い。ごめんなさいね、勇実さん」

おえんは、開け放たれた障子越《しょうじご》しに、庭へと視線を送っている。

日差しを浴びるおえんの横顔を見ていると、つかの間、六年の歳月が勇実の中から吹き飛んだ。胸が疼《うず》いて仕方がない。気づけば、甘えた思惑が口をついて出ていた。

「あの頃のように呼んではもらえないんですか」

おえんは勇実に向き直り、笑った。

「呼ばないわよ。おままごとじゃあるまいし、小さな子供を相手にするような呼び方はしないわ。それどころか、本当は、ここで働かせてほしいとお願いするからには、あんたのことを旦那さまと呼んで頭を下げるべきよね」

「やめてください。そんな他人行儀な」

「もう他人だもの。他人じゃなかった頃の呼び方だなんて、恥ずかしいこと言わないでちょうだい」

二人きりのとき、おえんは勇実を「いさちゃん」と呼んでいた。そう呼んでほしいと、勇実が頼んだのだ。勇実が甘えられる相手は、おえんだけだった。おえんに甘え、おえんのぬくもりに包まれていれば、それだけで幸せだった。

おえんは静かに言った。

「勇実さんは今、どういう暮らしをしているの？　あの頃とは違うんでしょう。話を聞かせてちょうだい」

「おえんさんの話も聞かせてください」

「あたしの話は後。千紘ちゃんが戻ってきてくれたら、もっといいんだけどね」

「千紘のことを気にするのですか」

「嫌な思いをさせちまったでしょう。まあ、千紘ちゃんの言い分が真っ当よ。あたしみたいなのがいきなり現れたら、気分が悪いに決まってる。駄目ねえ、あたしったら。心にゆとりがないんだわ。ちょっと疲れちまっててさ」

おえんはかぶりを振った。いけない、と自分に言い聞かせるかのような仕草だ。

それから、おえんは改めて勇実に言った。

「さあ、勇実さんのことを聞かせてちょうだい。どこから話してくれてもいいわよ。六年前、あたしが急にいなくなって、あたしのこと恨んだでしょう。その話、聞くわ」

もしも再びおえんに会えたら、どれだけ深く傷ついたか訴えたいと思ったことがあった。恨みつらみをぶつけた後は、許し許されて、ずっと一緒にいたいと思っていた。

蓋《ふた》をして、忘れたつもりになっていた気持ちを、ここで再び取り出してもよいのか。

勇実は迷いながらも、口を開けば言葉があふれた。

「あの頃の私は未熟で、おえんさんとのことを誰にも明かせずにいました。察してくれている人はいましたが。隣の矢島家の龍治さんや、輸学堂の志兵衛さん、父や女中のお吉も。おえんさんに振られたときも、龍治さんに慰められました」

「あのときは荒れたんじゃない？」

「生まれて初めて、めちゃくちゃに酒を飲みました。二日酔いどころか、幾日も酒が抜けずに寝込みましたよ。あのときは本当に苦しくて、色恋など二度とごめんだと思いました。見合いも突っぱねてきました」

おえんはうなずきながら聞いている。

勇実は、するすると話せてしまう自分に驚いた。おえんを想っていたことと、おえんに振られたことを、過去として語ることができている。

歳月は確かに流れたのだ。そして、勇実は変わったのだ。

寝ても覚めてもおえんのことばかり考えていたあの頃の勇実は、もうどこにもいない。

おえんと向き合って話をすれば、胸の奥にじくじくとした痛みが確かにある。それでも、おえんの赤い唇、すんなりとした首筋、柔らかそうな胸元を見るたびに焦《こ》がれていた気持ちは、もうない。

見えない壁がある。もうあの人に触れてはいけないと、勇実の中で線が引かれている。おえんもまた、壁の向こうからこちらへ来ようとはしない。

過ぎ去ったことを言葉にするのは、自分が今いる場所を確かめることだ。自分が今、何を考えているのか、感じているのかを知ることだ。

おえんは過去なのだ、と勇実は思った。おえんと離れてからの五年と数月《すうげつ》の間に、父を喪《うしな》い、勇実も千紘も暮らしぶりが変わり、いくつもの出会いがあった。捕物《とりもの》に首を突っ込んだせいで恨みを買い、命を狙われることもあった。いろんなことが起こり、いろんなことが変わってしまったその先に、今の勇実がいる。

さほど込み入った話ではなかったはずだが、それなりに時を費《つい》やして、勇実は語り終えた。

おえんはうなずいた。

「今の暮らしは、それなりに満ち足りているんでしょう。あんたも大人になったわねえ」

「それなりに、ですね。このくらいが私の身の丈《たけ》に合っているようです。もう少し高望みをしてみろと尻を叩かれることもありますが。私は話しましたよ。次はおえんさんの番です。おえんさんは、どう過ごしていたんですか?」

おえんはゆっくりとまばたきをして、話を切り出した。

「落ち着かない日々だったわ。ばたばたしているうちに年だけ取って、三十六にもなっちまった。日本橋橘町の茶屋を閉めた後にあたしがどこに行ったか、志兵衛さんから聞いたかしら？」

「志兵衛さんからではなく、まわりの店の人々から聞きました。呉服屋の主人の弟で、番頭を務めていた人が、暖簾分けをして出ていくことになった。その人は四十手前の年頃で、独り身で、おえんさんに縁談を持ち掛けたそうですね」

あの茶屋はもともと、呉服屋の先代の旦那が囲っていた妾のためのものだった。おえんは呉服屋から店を借り受けていた。呉服屋の番頭と顔を合わせることもあったのだろう。

もうすぐ三十一になろうとする女に、三十代後半の男が惚れて、嫁に来てくれないかと申し出た。どちらも客商売をしており、これまで真っ当にやってきて、まわりからの評判もよかった。

十八の若造で、小普請入りの侍の息子が入る隙などないような、釣り合いがとれた縁談だった。

おえんは遠い目をした。口元には笑みを浮かべたままだった。

「品川《しながわ》のほうに越して、所帯を持ったの。でも、うまくいかなかった。初めはあの人の嫉妬《しっと》がひどくてねえ。他人に媚《こ》びを売るな、店に出てほかの男と話すな、家の仕事だけしていろって。窮屈《きゅうくつ》になっちまって、あの人と喧嘩した」

「喧嘩ですか？　おえんさんが？」

おえんは気が強いが、おおらかでもあり、辛抱強くもあって、勇実の前で機嫌を損ねることなどなかった。品川で暮らした夫のことは、よほど腹に据えかねたのだろう。

「でもね、一番の決め手は、あたしに子ができなかったことなのよ。あの人があたしへの腹いせで手をつけた若い女中が、すぐに孕《はら》んだの。それで結局、あたしは離縁されたというわけ」

勇実はどんな顔をしていいかわからず、掌《てのひら》で口元を覆《おお》った。

かつて勇実も、おえんに子ができたらどうすべきかと思い描き、悶々《もんもん》としたことがあった。自分がやっているのはそういうことだと、頭ではわかっていた。ただ、心がうまく追いついていなかった。

おえんは淡々と続けた。

「品川から江戸に戻ってきて、昔の伝手《つて》を頼って深川《ふかがわ》で働いた。料理茶屋で下働きをしていたら、そこの板さんから、後妻にしたいって言われた。その気になりかけたんだけど、あの人、ほかの女にも粉をかけていたのよねえ。いづらくなって、そこもやめたわ」

深川の次はお玉《たま》が池《いけ》、次いで蔵前《くらまえ》。転々とせざるを得なかったのは、行く先々で男に声を掛けられ、ちゃんと向き合ってみれば悪い虫だったたり、後ろ暗いところのある男だったりと、おかしなことの繰り返しだったからだ。

蔵前の次は、浅草寺《せんそうじ》の近くの料理茶屋に勤めたが、そこの旦那に無体なことを強《し》いられた。

「あの旦那は、知り合ってきた中でいちばんまずい男だった。よくない連中ともつるんでいたし、相手が自分より立場が弱いと見れば、すぐに手を上げるのよ。そんな了見《りょうけん》の男のところにはいられないわよねえ」

「おえんさんも殴られたりしたのですか？」

「あたしはましなほうよ。深入りしないうちに、さっさと逃げてきたの。見苦しいけど、ちょっといいかしら」

おえんは膝を崩し、着物の裾と蹴出しをめくった。

黒々としたあざが広がっていた。

勇実は腰を浮かした。おえんは裾をもとに戻し、勇実を手で制した。

「わざわざ追い掛けては来ないはずよ。女はほかにたくさんいたもの。あの男、見目がよくて金持ちではあったからねえ」

「その怪我は医者に診せましたか？」

「診せてはいないけど、平気でしょ。どこも折れてやしないし、ほっといたら治るわ。まあ、ここのところ、傷の治りが遅くなっちまったけどね。年を取るもんじゃないわ」

おえんは乾いた笑いを浮かべた。千紘が淹れていった茶を飲み、まるで酒でも飲んだかのように息をつく。

勇実は、おえんの顔から歳月の流れを見出そうとした。だが、わからない。惚れた欲目でおえんを美しく感じているだけではないかと、あの頃も少し自分を疑っていた。欲目はいまだに続いているらしい。おえんは相変わらず美しい。

「あたしねえ、行く先々で男が絡んで、そのたびにおかしなことになっちまうの。一つ所に長くいられない。どうしてこうなるんだか。あたしには男運がなくて、男を見る目もないんだわ」

勇実は訊かずにいられなかった。甘い答えなど返ってくるはずはないとわかっていながら、それでも訊いてしまった。

「私のことも、そう思っていましたか？　ろくな男と出会わなかったと」

「遊びとしては、すてきだったわねえ」

「遊び、ですか」

「だって、あんたといたって、先が見えなかったもの。この先あたしとどうなりたいって、あんたは何ひとつ考えていなかったでしょう」

「それは……」

「そういうのを、遊びっていうのよ。いつまでもあんたの遊びには付き合っていられないと思った。前途ある才気煥発《さいきかんぱつ》な坊やと違って、三十路《みそじ》女はせっかちなの。ちゃんとした縁談を持ちかけられたら、そっちに行くに決まってるじゃない」

勇実は言葉を失った。

あの頃は、ただおえんと一緒にいるだけで幸せだった。どこでもない場所に二人きりで閉じこもって、世の中から忘れ去られてしまいたい。そんなみだらで拙《つたな》い夢を、ただ思い描くばかりだった。

おえんは、明るい庭へと視線を向けた。

「あたしはね、あんたを責めるつもりはないの。あんたのことを恨む気持ちもまったくない」

おえんがちらりと横目で勇実を見た。勇実は視線を受け止めきれず、うつむいた。おえんは続けて言った。

「あたしたちが一緒になったって、きっと、うまくいきやしなかったわ。あんたのことは本当にかわいいと思ってたけど、男と女ってのは、そういうことじゃないのよ。初めにちゃんと拒んでやっていればと、何度悔《く》いたことか」

勇実は顔を上げられなかった。

「申し訳ありませんでした」

「若気《わかげ》の至りというものよ。はしかみたいなもんだわ。今さらあんたに謝られたって、時を取り戻せやしないの。あんたもあたしも」

「遊ばれたのは私のほうだと……そうとしか思えなかったんです、あの頃は。でも本当は、おえんさんにとっては……」

おえんは笑った。

「やめてちょうだい。もういいの。忘れなさい。今のあんたは、あたしにぞっこんだった頃のあんたとは全然違う目をしているわ。あたしなんかより大事な人がいるってことよねえ」

勇実は唇を噛んだ。

おえんが感じ取っているとおりなのだ。勇実の心はもう、おえんには向かっていない。

勇実は何も言えなかった。口を開けば、言い訳や建前ばかりがあふれてしまうだろう。

そんな言葉で、おえんをこれ以上、傷つけるわけにはいかない。大事な人だと気づいたあの人を、勇実の身勝手な言葉で汚してはならない。


八丁堀北紺屋町《きたこんやちょう》に屋敷を持つ小十人組士《こじゅうにんぐみし》の亀岡甲蔵《こうぞう》は少し変わった男だと、龍治は思っている。娘に自ら武術を仕込む父親を、龍治は甲蔵のほかに知らない。

甲蔵の娘である菊香は、女だてらに武術の腕が立つ。自分はぼんやりしている し才がない、などと菊香は謙遜《けんそん》するが、とんでもない。

もしも菊香が男に生まれていたら、どれほどの剣客になっただろうか。そう思い描くと、龍治は背筋が寒くなる。龍治も腕が立つほうだと自負しているが、より恵まれた才を持つ者はいくらでもいる。菊香もその一人かもしれない。

千紘から追い立てられて亀岡家を訪ねたものの、龍治は、菊香と二人でしゃべったことがない。気まずい思いをしながらおとないを入れると、菊香の弟の貞次《ていじ》郎《ろう》が飛び出してきた。龍治はほっとした。

十四の貞次郎は、いまだ小柄な体の持ち主だ。同じく小柄な龍治が、自分より大きな相手をやすやすと制するのを見て、師匠と慕うようになっている。

龍治は貞次郎を間に立てて、菊香に用件を伝えた。

「とにかく千紘さんが困っていて、呼んでいるんだよ。できればすぐに来てほしいって」

伝えたのはそれだけだ。なぜ困っているのか、はっきりとしたわけは言えなかった。

菊香にとって、勇実の昔の女がどうこうというのは、ちっとも関わりのない話だ。迷惑以外の何物でもないだろう。

龍治の曖昧《あいまい》な物言いに、菊香はちょっと首をかしげるそぶりをした。

「もしや、先日襲ってきた盗人《ぬすっと》がまた現れたのですか?」

「いや、違う。あいつは竪川《たてかわ》に飛び込んだっきり、姿を消したままだよ。死んじまったと思いたいが。まあ、何にせよ、荒事《あらごと》じゃあない。ただ、千紘さんが、菊香さんにしか頼れないって言っててさ」

「そうですか。千紘さんが困っているのなら、まいりましょう」

貞次郎が目をきらきらさせてついてきた。

「今から本所のほうまで出掛けたら、帰りは暗くなるでしょう。姉上ひとりでは危ないですよ。私もついていきます！」

心強い、と龍治は思った。

菊香は物静かで、あまり感情を表に出さないし、口数が多いわけでもない。何を考えているのかわからないあたり、同じ女でも、千紘や母の珠代とまるで違う。苦手とまでは言わないが、龍治としてはちょっと気詰まりなのだ。

話がまとまると、龍治は菊香と貞次郎を連れて、八丁堀から本所へと急いだ。


千紘は矢島家の庭の掃除をしながら、菊香の訪れを待っていた。

勇実とおえんを二人にしてきたことが気になって仕方なかったが、様子を見に行くのもまた嫌だった。

間に垣根があるといっても、何か起これば物音は聞こえる。千紘は垣根越しに聞き耳を立てつつ、手元がお留守になりがちな掃除を続けていた。

菊香の到着は、思いのほか早かった。八丁堀まで往復した龍治は汗びっしょりになっている。菊香もめったなことでは息を上げないが、よほど急いで来てくれたらしい。今日ばかりは息を切らしている。

「よかった！　菊香さん、助けてほしいの」

千紘は菊香に飛びついた。汗ばんだ菊香の体から、ふわりと、くちなしの香りがした。くちなしの花の季節だからか、爽やかで甘い香りは、普段よりいくぶん強い。

龍治は肩で息をついた。うんざりした顔だ。

「俺はここから先、関わらねえぞ。他人が口出しするような話じゃないだろうに。貞次郎、道場に行こうぜ」

「はい。よろしくお願いします！」

そそくさと去っていく龍治の後ろ姿を、菊香は不思議そうに見送った。

「龍治さまは、こちらへ来る間も、あまりはっきりとしたことを教えてはくれなかったのです。千紘さん、一体何があったのですか？」

千紘は菊香の手を引いて、垣根の木戸のほうへ向かった。

「一緒に来てください。話を聞いて、力を貸してほしいの」

壊れた木戸をくぐると、障子を開け放った部屋で交わされる話がすっかり耳に届く。狭い庭に入ったところで、千紘は足を止めた。菊香もわけありだと察したようで、気配と物音を殺した。

勇実とおえんはずっと話をしていたのだろう、と千紘は感じた。言葉が出てこないほどにうろたえていた勇実も、ずいぶん舌が滑らかになっている。

遊び、という言葉が聞こえてきた。

勇実がおえんに、自分はろくな男だったのかどうか、というようなことを問うた。それに対して、おえんが答えたのだ。

「遊びとしては、すてきだったわねえ」

菊香が目を見張り、千紘の袖をつかんだ。千紘は、うっかり声を上げてしまいそうな口を手で覆った。

おえんはあっさりとした語り口で、それは遊びだったと言った。勇実をなじるでもない。苦悩をひけらかして情けを買いたいわけでもないのだろう。おえんは言い放った。

「あたしなんかより大事な人がいるってことよねえ」

続く勇実の言葉はない。重苦しいような沈黙が落ちる。

千紘は思い切って、菊香の手をつかみ、歩き出した。わざと音を立てて地面を踏み鳴らした。

菊香は、何も言わずに千紘についてきた。

縁側のおえんは千紘と菊香の姿を認め、にっこり微笑んだ。

「あら、お帰りなさい」

おえんの向こう側で、勇実が目をいっぱいに見開いた。

千紘はまっすぐにおえんを見た。

「兄上さまとは十分にお話ができましたか？」

「ええ。話をしながら、これからの身の処し方をどうしようか、考えていたの」

「考えはまとまりました？」

おえんは肩越しに勇実を振り向いた。勇実は菊香のほうを見つめていた。その強張《こわば》った顔つきに、思わずといった様子で声を立てて笑ってから、おえんは千紘に向き直った。

「あたしは、愚痴を聞いてもらいたかっただけみたい。話してすっきりしたわ。ごめんなさいねえ、長々とお邪魔しちまって。そろそろ行かなくちゃ」

おえんは立ち上がった。

勇実は呆然《ぼうぜん》として、おえんを見た。言葉をかけるでもない。引き留めるでもない。何が起こっているのかわかっていないような顔をして、勝手口のほうに向かうおえんを、ただ見ていた。

荷物を抱えて屋敷から出てきたおえんに、菊香が声を掛けた。

「お怪我をしていらっしゃるのではありませんか？」

千紘は、えっと声を上げた。

おえんは苦笑した。

「何でもないのよ」

菊香はすかさずおえんに駆け寄り、奪うように荷物を持った。

「無理をしておいででしょう。お運びします。お帰りはどちらまで？」

「気を遣わないでちょうだい。大した怪我でもないんだから」

「足を引きずっておられるのに、小さな怪我のはずがありません。ひどく打ちつけてしまわれたのでは？　わけがおありなのかもしれませんが、無理はおやめくださいまし」

おえんはまっすぐに菊香と向き合い、かぶりを振った。夕焼け色の日差しが、柔らかく微笑んだ頬の丸みをなぞっていた。

尖ったところの少しもない笑顔が、それでも攻撃のために作られた表情であることを、千紘は感じ取った。ただならぬほどの力が込められたまなざしは、凄絶《せいぜつ》な色香を放っていた。

おえんは、ささやくように言った。

「お願いだから、あたしのことは放っておいてくれる？　そうじゃないと、あんまりにもみじめな心地《ここち》になっちまうのよ。あたしはもう二度と、あんたの勇実さんの前に姿を見せたりはしない。約束するわ」

おえんは、立ち尽くした菊香の手から荷物を取ると、一人で歩き出した。菊香の言うように、確かに、わずかながら足を引きずっている。

勇実が立ち上がりかけた。だが、菊香と目が合うと、そこで動きを止めた。

おえんは去っていった。一度も振り向かなかった。勇実は、そろそろとへたり込んだ。

千紘は今さらになって、自分がしでかしたことの意味に気がついた。

「わたし、誰のためにもならないことをしてしまった」

頭に上りっぱなしだった血の気が、すっかり引いた。なぜあんなにも、かっとなってしまったのだろう。なぜ当たり前のこととして、おえんを傷つける道を選んでしまったのだろう。

菊香が千紘の手を取った。

「何か行き違いがあったのでしょう？」

　千紘はかぶりを振った。

「違うの。わたしが、ひどいことをしてしまっただけなんです。ちょっとだけ立ち止まって考えることができれば、こうはならなかった。あの人の話を、もっとちゃんと聞いていれば。わたし、人に優しくなりたい」

「千紘さんは優しいですよ。誰にだって、どうしようもないことはあるでしょう」

「どうしようもなかったのかしら。菊香さん、急にこんなことに巻き込んで、ごめんなさい」

　菊香は微笑んだ。

「わたしはかまいません。千紘さんのことが心配で、駆けつけただけですから。さあ、道場のほうへまいりましょう。貞次郎が、たまには鍛錬《たんれん》の様子を見てほしいと、近頃うるさいのです」

　菊香は千紘の手を引いて、歩き出した。

　道場のほうから掛け声が聞こえてくる。

　まだもうしばらく、日は沈まない。行くあてがないと言ったおえんは、一体どこへ行くのだろうか。

おえんを追いかけたいという思いを、千紘は掌の中に握り潰した。苦い気持ちが胸に満ちて、吐き出した息に涙の匂いが混じっていた。

第二話　花と雁と蝶と

一

千紘は小さな鉢を抱え、せかせかと通りを急いでいた。

鉢には水が張られ、そこに朝顔の花と葉が浮かべてある。花を葉の上にそっと載せ、きれいに咲いた形を崩さぬようにしてあるのだ。

朝顔の花びらは、儚《はかな》いほどに柔らかい。朝露《あさつゆ》ほどならばよいが、すっかり水に濡れれば、すぐにくしゃくしゃになってしまう。

だから、千紘は急ぎながらも、なるたけ鉢を揺らさぬよう、気をつけて歩いた。

千紘が目指しているのは、回向院《えこういん》のほど近くにある井手口家の屋敷だ。大身旗本の井手口家の広い屋敷地の一角に、千紘が手習いに通っていた百登枝の住まいがある。

今は千紘が百登枝を手伝っており、筆子たちに教える側だ。千紘先生と呼ばれることにも、もうすっかり慣れた。

ずっとこの先も、千紘先生と呼ばれ続けるつもりでいた。百登枝の手習所で、千紘も筆子たちと向き合っていくのだと思っていたのだが、その道がこの頃、細ってしまっている。

「今日は二十一日だけれど、昨日、百登枝先生は顔色がよかったから、きっと今日も大丈夫。すぐにお暇《いとま》するし、ご迷惑をおかけしたりはしないわ」

千紘は言い訳をするように、そっとつぶやいた。

百登枝が昨日、朝顔の色でいちばん好きなのは白だと言っていた。今朝、千紘が世話をしている朝顔の一株が、初めて花を咲かせた。ほかに比べてのんびり者だったその朝顔は、真っ白な花をつけたのだ。

千紘は百登枝に白い朝顔を見せたくなった。日に当たれば、花は昼頃にはしぼんでしまう。その前に、ひんやりした水に浮かべてやって、百登枝のところへ届けるのだ。

百登枝の手習所は先月から、五と十の日に開くことになった。

日数が一つ少ない小の月には、三十日の代わりに二十九日に手習所に集まる。

七夕《たなばた》などには、百登枝の体の具合を見ながら、できれば皆でお祝いをする。そういう約束だ。

病で臥《ふ》しがちな百登枝にとっては、このくらいがちょうどよいらしい。体を十分に休めながら、手習いの師匠という、生き甲斐でもある仕事を続けていく。

千紘や筆子たちも、今日はどうかしらと気を揉みながら百登枝の様子をうかがいに行くより、間遠《まどお》ではあっても手習いの日が決まっているほうが、心持ちが楽だ。

五人いる筆子のうち、本当に手習いが必要なのは、十《とお》の桐《きり》だけだ。ほかの女の子たちはすでに読み書きも十分にできる。ただ、百登枝の手習所の居心地がよいから、習い事や花嫁修業、親の仕事の手伝いや家事の合間に、息抜きのように通ってくる。

桐の手習いは、千紘が受け持つことになった。毎日ではないが、桐の住む屋敷に千紘が赴《おもむ》いて、読み書きを見てやっている。

千紘は、広い屋敷の勝手口からおとないを入れた。

勝手口は、手習所でもある百登枝の住まいからは、少し遠い。庭をぐるりと巡っていかねばならないが、千紘はその道行きが好きだ。井手口家の庭にはいつも季節の花が咲いていて、とても美しい。

千紘が勝手口のところで顔見知りの下男と話をしていると、思いがけない人がやって来た。若駒のように、しなやかに勢いよく駆けてきたのだ。

「ち、千紘どの！　今日は祖母も体の具合がよいようだ。祖母と話しに来てくれたのだろう？　どうぞ入って、ゆっくりしていってほしい」

千紘も下男もぽかんとし、それから慌てて腰を低くした。

優しげな丸顔を真っ赤にして千紘の名を呼んだのは、百登枝の孫で井手口家の嫡男《ちゃくなん》、悠之丞《ゆうのじょう》である。千紘より二つ年下の十六だ。

千紘は驚いた。年下の男の子だとばかり思っていたのに、悠之丞の声は、すっかり大人の男のものだった。

「あの、千紘どの、顔を上げてほしい。鉢の水がこぼれてしまうし、そう畏《かしこ》まられては困る」

「わかりました」

言われたとおりにまっすぐ向き合ってみれば、悠之丞の背の高さに、また驚かされた。きっと勇実よりも高いだろう。そういえば、井手口家の当主はかなりの長身だ。十六の悠之丞は、これからさらに伸びるのかもしれない。

悠之丞を広い庭の向こうに見かけることは、昔からよくあった。昔というのは、千紘が手習いに通っていた頃のことだ。だから、悠之丞とは十年来の顔見知りである。

照れ屋なたちの悠之丞は、祖母の百登枝が呼んでも、手習所の女の子たちがいるところまでやって来ることはなかった。

でも、若さまは実は寂しいのではないかと、千紘は思っていた。悠之丞はたいてい、大人と一緒にいるばかりだった。百登枝の筆子たちが仲良くしている様子がうらやましいのかもしれない。千紘はそう勘繰《かんぐ》っていた。

千紘は遠くから目が合うと、悠之丞に会釈《えしゃく》をする。悠之丞はそのたび、ぱっと顔を赤くして微笑み、会釈を返してくれる。

その遠慮がちな人が、じかに話をしに来た。自分から来てくれたのだ。覚えている限りでは初めてのことだ。

悠之丞は稽古着姿で、木刀を手にしている。顔を赤らめているのは、恥ずかしがりやだった昔とは違って、単に体を動かしていたせいかもしれない。

「千紘どの、私も一緒に祖母のところへ行ってもいいだろうか？　祖母から本を借りることになっているのだ」

「ええ。そういうことでしたら、ご一緒しましょう」

「鉢は私が持とう。花を浮かべているのだな。朝顔か」

悠之丞は木刀を腰に差すと、千紘の手から鉢を受け取った。その弾みで、悠之丞の手が千紘の指に触れた。悠之丞は、すまない、と小さな声で言った。

百登枝の住む離れへと向かいながら、千紘は悠之丞に笑顔を向けた。

「剣術のお稽古をされていたのでしょう。お手を止めさせてしまいましたね」

「いや、よい。あ、稽古をおろそかにしているわけではなくて、祖母のところへ行くのと、剣術のおさらいをするのと、順番が変わっただけなのだ」

「わかっていますよ。若さまは幼い頃から、学問にも剣術にも熱心に打ち込んでおられますよね」

「剣術のほうは、なかなか上達しないのだがな。今しがたも、与一郎《よいちろう》先生が出稽古に来てくれる前に、一人でおさらいをしておこうと思ったのだ。私は剣術の才に恵まれてはおらぬゆえ、人一倍やらねば、人並みにもなれぬ」

「苦手なことにもきちんと向き合われるなんて、素晴らしゅうございます」

悠之丞は、はにかんだ笑みを浮かべた。丸顔の頬がますます丸くなって、あどけなさが垣間見《かいまみ》えた。

「私が苦手な剣術に励もうと思えるのは、与一郎先生がよい師だからだ。龍治先生も若いが、よくしてくれている。千紘どのも、矢島道場の二人とは馴染みなのだろう？」

「ええ。屋敷が隣り合っていますから。龍治さんとはきょうだいのようにして育ちました」

悠之丞はまぶしそうな目をした。

「うらやましいことだ」

悠之丞の言うとおり、今日の百登枝は体の具合がよいようだった。

百登枝は、風の抜けるあずまやで読書をしていた。千紘と悠之丞の姿に気づくと、少しいたずらっぽい顔をしてみせた。

「あらあら、珍しい取り合わせですこと。どういう風の吹き回しかしら」

「千紘どのがこの鉢を持っていたので、手伝ったのです。お祖母《ばあ》さまのために、わざわざ持ってきてくれたそうですよ」

悠之丞は、朝顔の浮いた鉢を百登枝のそばに置いた。百登枝は目を輝かせた。

「白い朝顔ですか。まあ、すてき」

千紘は少し照れくさくなって、もじもじと指先をいじった。

「百登枝先生が、白い朝顔がお好きとおっしゃっていましたから。ちょうど今朝、この白い花が咲いたのです。それで、どうしても見ていただきたくなって」

「ありがとう。千紘さんは優しいですね」

「でも、こちらのお庭は広いし、たくさんのお花が育ててあるから、朝顔は見慣れていらっしゃいますよね。白い朝顔も植えてあるのでしょう？」

「いいえ、ここ数年、白い朝顔は咲かせることができずにいるの。白い朝顔からできた種をもらってきて、植えてはみるのですけれど、なぜだか違う色の花が咲いてしまうのですよ」

「不思議な話ですね」

「朝顔の色を思いどおりにするのは難しいのですよ。好事家《こうずか》の間では、珍しいものを咲かせようと、いろいろと試みられてはいますけれどね。まだらの柄や、縁だけが白いもの、あるいは花びらが細く分かれたものなども、まれに生まれるそうです」

「そんなにいろいろ。朝顔って、赤や紫の花ばかりではないのですね」

「白い朝顔も珍しいのよ。こちらの朝顔は、千紘さんが育てたのではないのですか？」

千紘は首をすくめた。

「違うんです。うちは兄が小普請入りでしょう。うちのお世話をしてくださっている小普請組支配組頭《しはいくみがしら》の酒井孝右衛門《さかいこうえもん》さまが、ほおずきや虫を育てているのですけれど、今年から朝顔も始めたそうなんです。わたしはその鉢植えを分けていただいて、お世話をしているだけなんですよ」

「ああ、なるほど」

「わたしがいただいた鉢がたまたま、白い花をつけるものだったんですよ。酒井さまはほかに四つも鉢をくださったので、兄の手習所の筆子たちがお世話をしています」

「男の子たちも、お花をかわいがっているのかしら」

「とてもかわいがっていますよ。あの子たちは、わたしよりずっと凝《こ》っているんです。鉢植えをもらったその日から、何色の花がいくつ咲いたと、皆で日記をつけているんですって」

「熱心ですね。すてきなことだわ。机に向かうことばかりが学びではありませんからね。酒井どのも粋なことをしてくださいましたね」

「皆でお礼のお手紙を書いたようです。字よりも絵を描くのが得意な子は、花の絵を」

百登枝はにこにこしている。悠之丞も口こそ開かないが、うなずきながら千紘の話を聞いていた。

千紘は頰に手を当て、小首をかしげて、百登枝に言った。

「百登枝先生、ちょっとお知恵をお借りしたいんですけれど」

「あら、何でしょう？」

「つい昨日、兄の手習所の筆子たちの間で、朝顔の花で布を染めるにはどうしたらいいのか、という話が上がったそうなんです。赤い花で染物ができれば、真田《さなだ》幸村《ゆきむら》の赤備《あかぞな》えのようで格好いい着物や手ぬぐいが作れるのではないか、と」

三月《みつき》余り前、二月の初午《はつうま》の日に、筆子たちがご禁制の『真田三代記《さなださんだいき》』に夢中になっていることが露見した。しかし、皆で読み合っていたのは勇実が十年前に作った写本だったから、勇実も厳しく咎《とが》めることができなかった。

筆子たちは今も相変わらず、真田幸村とその忠臣たちの物語に魅せられている。そういうわけで、幸村と影武者たちが赤い鎧兜《よろいかぶと》で身を固めたように、何か赤いものを身につけていたいようなのだ。

朝顔の鉢植えにも、赤い花が咲くからこそ、ぱっと飛びついたのかもしれない。花びらがもっと丈夫で長持ちするのなら宝物にできるのに、と言った筆子もいたそうだ。

百登枝は、考えを巡らせるときの癖で、頰に手を当てて小首をかしげたが、すぐに妙案を思いついたようだ。

「確か、千紘さんのお友達の亀岡家のご令嬢が、そういったことに詳しいのではなかったかしら」

千紘は目を輝かせて手を打った。

「そうだわ、菊香さんならきっと、花びらで染物をする方法も知っているはず。百登枝先生ったら、菊香さんと会ったこともないのに、よく覚えていらっしゃるのね。さすがです」

百登枝は微笑んだ。目尻の柔らかな笑い皺《じわ》がとてもきれいだと、千紘は思う。

「わたくしは千紘さんから聞いた話なら、何でも覚えていますよ。だって、千紘さんは本当に楽しそうにお話をしてくれるのですもの。ねえ、悠之丞」

水を向けられた悠之丞は、わずかに目を見張ったが、はにかんだ笑顔でうなずいた。

二

菊香を本所相生町の白瀧家の屋敷に呼び出したのは、いくぶん久しぶりだった。千紘は外で菊香と話したり、菊香の家へ招かれたりしていた。だが、勇実が菊香と顔を合わせるのは、先月おえんの件があって以来だ。

千紘が菊香を伴って、矢島家の離れである手習所に赴くと、勇実は気後れしたように押し黙り、菊香に頭を下げた。

おえんの件からしばらくは、千紘と勇実もぎくしゃくしていた。何となく和解できたのは、ついこの頃のことだ。毎日顔を合わせていてもこうなのだから、勇実が菊香とまともにしゃべるには、もう少し時が必要かもしれない。

筆子たちは書き取りやそろばんの手を止め、元気よく菊香にあいさつをした。

「こんにちは！」

「よろしくお願いします！」

たびたび白瀧家に遊びに来ている菊香のことを、筆子たちはすでに知っているようだった。

「菊香さんはわたしの友達なんです。失礼のないようにしてね」

千紘はそう紹介したが、筆子たちは皆、意味深《いみしん》そうな目で勇実をちらちらと見やった。勇実の手伝いをしている将太《しょうた》も、筆子たちと一緒になって、からかうような目を勇実に向けた。

五月二十八日、とても暑い日の昼四つ（午前十時頃）。

机《つ》に就いての手習いは、ひとまず中断だ。ここからは菊香が筆子たちの師匠を務めて、朝顔の花を使った染物をやることになっている。

今日、手習所に出てきている筆子は八人だ。千紘と勇実と将太は、筆子たちの後ろに引っ込んだ。話の流れはすべて菊香に任せている。

筆子たちはそれぞれ、集めておいた赤い朝顔の花を取り出した。手習所で咲いたものだけではない。自分の家や近所に朝顔の鉢がある子は、そちらからももらってきたらしい。

染めるための布は、菊香が持ってきた。生成《きな》りの綿の手ぬぐいだ。豆のしぼり汁を染み込ませるという、ひと手間をかけたものらしい。そうしておくと、色が染まりやすいのだ。

菊香は、天神机《てんじんづくえ》の上に小さな山をなした朝顔の花を見て、筆子たちに優しく微笑みかけた。

「たくさんの花を用意してくださったんですね。大変だったでしょう。これくらいあれば、こちらの手ぬぐいをきれいに染めることができそうです」

おもしろいことに、日頃は勢いのいい年嵩《としかさ》の筆子ほど、菊香を前にするとおとなしくなった。

最も平然としているのは、この春から手習所に入ってきた、八つの十蔵《じゅうぞう》だ。かわいらしい顔立ちをした十蔵だが、ふてぶてしいほどに肝が据わっている。

「もっとたくさん染めることはできないの？　着物丸ごと真っ赤に染めるとかさ」

菊香はかぶりを振った。

「ごめんなさいね。たくさんの布を染める方法は、わたしもよく知らないのです。真っ赤に染めるためには、紅花《べにばな》を使うはずです。紅花で糸や布を染めるのは、大勢の職人さんが関わる大仕事だと聞いたことがありますよ」

「ふうん。職人の仕事なら、ちょっと難しいんだろうな。そのくらいの小さい布なら、自分でも染められるんだ？」

「咲いた花ほど鮮やかな赤色には染められないかもしれないけれど、できるだけきれいに色がつくよう、やってみますね。お手伝いしてもらえますか？」

菊香に優しく頼まれると、筆子たちはしゃかりきになって花びらを潰しにかかった。

花びらを潰すための古びた乳鉢《にゅうばち》は、版木屋の子であり絵師の孫でもある白太《しろた》が家から持ってきたものだ。

朝顔の花で布を赤く染められないだろうかという話が出た翌日、白太がさっそく、乳鉢などの道具を持ってきた。絵師である祖父が、花びら染めにも詳しいのだという。しかし、手習所に教えに来るほどの暇はなかったそうだ。それで結局、千紘の案のとおりに、菊香が呼ばれることになった。

筆子たちに花びらを任せている間に、菊香はぬるま湯を用意していた。ぬるま湯の中に酢を量って入れる。しっかり潰した花びらと、酢の入ったぬるま湯を合わせると、色水の出来上がりだ。

菊香は、手ぬぐいを人数ぶんの八つに切ると、一人ひとりに渡した。

「紐《ひも》で縛ったり、手ぬぐいを結んだりしてみてください。結んだところは色水に触れないので、染まりません。白く残るところが模様になるのです」

筆子たちはそれぞれ、違う結び方をした。糸でぐるぐる巻きにしたり、てるてる坊主にしたり、結び目を二つにしたり三つにしたりと工夫している。

御家人の子の淳平《じゅんぺい》が、器用に糸を巻いた布を手に、皆に言った。

「染め上がった布は、半分にしようよ。そうしたら、今日ここに来てない子のぶんもできるだろう。私たち筆子は、みんな合わせて十四人だ。八掛ける二は十六だから、二枚余ってしまうけれど」

菊香がそれを聞いて、思案《しあん》を巡《めぐ》らす顔をした。

「そうですよね。筆子の皆さんのぶんを揃えたほうがいいですよね」

将太が口を挟んだ。

「二枚余るのなら、俺や勇実先生も仲間に入れてもらえると嬉しいんだが」

「大人は仲間に入れてあげません。残念でした」

淳平はしれっと言ってのけた。

心の動きがすぐ顔に現れる将太は、情けなく眉尻を下げてうなだれた。大きな体をしゅんと丸める。そういうわかりやすいところがおもしろいようで、筆子たちはたびたび将太をからかうのだ。

満足したらしい淳平は、けらけら笑って将太の肩を叩いた。

「嘘ですよ。せっかく私たちが染めた布なんだから、余らせて無駄にするはずがないでしょう。将太先生にも勇実先生にも、ちゃんとあげます」

淳平が生意気な口ぶりで種明かしをすると、将太はほっとした顔になって、白い歯を見せて笑った。

筆子たちは順番に、結び目をつけた布を色水に漬け込んだ。色水からは、酢の匂いがつんとする。

色水を日陰の涼しいところに置くと、花びら染めはこれでひと区切りだ。

「あとは、しばらく待つだけです。皆さん、ありがとうございました」

菊香は頭を下げ、照れくさそうに隅のほうに引っ込んだ。千紘は、お疲れさま、と菊香をねぎらった。

勇実は筆子たちの様子を見回した。

菊香が訪れる前にやっていた手習いに戻ろうにも、皆、すっかりそわそわしてしまっている。部屋の隅にいる菊香が気になって、ちらちらと、そちらを振り向いてばかりだ。

気が散っているのが筆子だけならまだよい。が、勇実の手伝いをして筆子たちに教える立場の将太までもが、菊香のほうに気を取られている。

将太は千紘と同い年だ。昔は一時《いっとき》もじっとしていられない暴れ者の子供だったが、剣術稽古を通じて己の膂力《りょりょく》の御《ぎょ》し方《かた》を覚え、今では立派な学問家になっている。手習いの師匠を目指しつつ、自分でも学びを続けているのだ。

しかし、将太の率直すぎる気性は昔から変わっていない。今まで浮いた話など一つもなかった将太だが、菊香に憧れを抱いてしまったようだ。気が抜けてふにゃふにゃになった顔は、ちょっと見ていられない。

勇実はため息をつき、手習所の面々に声を掛けた。

「ひとまずここまで。気分を変えるほうがよさそうだな。昼餉《ひるげ》にしようか」

筆子たちは一瞬きょとんとし、それから、わあっと歓声を上げた。素直に手習いに励む子ばかりだが、やはり食べたり遊んだりの楽しみには勝てないらしい。

もっとも、今日に限って言えば、筆子たちが喜んだのには別のわけもある。千紘と菊香も握り飯を持ってきており、筆子たちと一緒に食べることになっているのだ。

千紘と菊香が縁側に腰掛けると、筆子たちはその両隣と庭に陣取って、ぐるりと輪をつくった。勇実と将太は「入れてやんないよ」だそうだ。男二人は仕方なく、部屋の隅から皆の様子を眺めつつ、昼餉をとることにした。

勇実が思うに、千紘は勇実の筆子たちから好かれている。ぽんぽんと軽口を飛ばし合ったり、元気よく笑い合ったりと、友達同士のようだ。筆子たちも遠慮がなく、年上の娘を相手にしているようには見えない。

その一方で、菊香が相手となると、筆子たちの様子はまったく違う。菊香の隣に座ったのはちょっと気の荒い久助《ひさすけ》だが、照れてしまい、硬くなっている。ほかの筆子も、菊香が会話に絡むと、途端にしおらしくなる。

将太が勇実の肩をつついた。

「何だ？」

勇実が尋ねると、将太は紙に書いた字を見せた。

「菊香さんと話さないんですか？」

将太は心配そうに眉根を寄せている。

体も大きければ声も大きい将太は、内緒話というものができない。筆子たちからもさんざんそれを言われているので、気を回して、声ではなく字で問うてきたのだろう。

勇実は、まっすぐすぎる将太の目を避けた。

「先日、菊香さんにちょっと迷惑をかけてしまってな。どう話しかけていいのか、わからない」

将太の視線がついてくるのを感じたが、勇実はそれきり黙って握り飯を頬張った。先月おえんが訪ねてきた日の出来事は、将太にも言えない。思えば、勇実がおえんにのめり込んでいたのは、今の将太と同じ年頃のことだ。

ふと、菊香が振り向いた。

「あちらに生《い》けてあるお花は、何か意味があるのですか？」

筆子たちが一斉に、菊香が指し示した先に目を向ける。

手習所の隅に、使うにはぐらぐらする天神机が置いてある。その上に赤色と水色の千代紙《ちよがみ》が敷かれ、竹筒が二つ並べられているのだ。竹筒には、両方ともそっくり同じように、都忘《みやこわす》れや露草《つゆくさ》といった野花が生けてある。

御家人の子の才之介《さいのすけ》が、八つという幼さを感じさせない、はきはきとした口ぶりで答えた。

「今日は五月二十八日です。曽我《そが》兄弟が仇討《あだう》ちを遂げた日なので、悲願を果たしたことへのお祝いと、お墓参りをして供養《くよう》をすることの代わりに、ここに花を生けることにしたんです」

今より六百年以上も昔の、建久《けんきゅう》四年（一一九三）五月二十八日のこと。富士野で催されていた巻狩《まきがり》の宿所《しゅくしょ》において、曽我十郎祐成《じゅうろうすけなり》と五郎時致《ごろうときむね》の兄弟は、父の仇《かたき》である工藤祐経《くどうすけつね》を討った。

仇討ちの後、兄弟は、取り囲む大勢の武者を相手取って戦い、兄の十郎はその場で討たれた。弟の五郎は生け捕りにされ、源頼朝《みなもとのよりとも》の前に引き立てられて尋問を受け、打ち首となった。

曽我兄弟を描いた物語は、仇討ちものの傑作といわれている。歌舞伎でも人気の演目だ。舞台の上で飛び回る曽我兄弟は、揃いの赤い着物と水色の裃《かみしも》に、十郎は千鳥《ちどり》の、五郎は蝶の模様をあしらうのが定番となっている。

才之介の話を聞いて、菊香も得心した様子だった。

「それで、鳥の絵と蝶の絵が花に添えて飾ってあるのですね。あの鳥は、雁《かり》でしょう。『曽我物語』の中で、親子仲睦《なかむつ》まじく飛んでいく雁の姿は、父を亡くした兄弟の寂しさを表すものとして、とても心に残ります。それにしても上手な絵ですね。誰が描いたのですか？」

菊香の問いに、筆子たちは、ぱっと白太を指差した。菊香に微笑みかけられ、白太は嬉しそうに破顔《はがん》した。

筆子たちが曽我兄弟に入れ込むようになったのは、五月の初めからだ。むろん、もともと知ってはいたものの、『曽我物語』を改めて紐解《ひもと》くことになったときっかけが、五月一日にあった。

淳平が、このところちょっとかすれがちな声で言った。

「この手習所では、毎月の一日に、その月に何があるかを出し合うんですよ。五月といえば、端午《たんご》の節句《せっく》や流鏑馬《やぶさめ》の神事があるでしょう。うちは御家人で、一応ちゃんとした家だから、五月には必ず武者人形を飾るんです」

良彦《よしひこ》が競うように五月の季語を挙げた。

「五月は雨降りの月だ。梅雨だもんな。五月雨《さみだれ》も五月晴《さつきば》れもこの時季の言葉で、俳諧《はいかい》でもよく詠まれるんだってさ。それから、急に虫が増えてくる頃でもあるから、蚊帳《かや》を使い始めるのも五月だ」

喧嘩友達の良彦が堂々と言ったので、照れていた久助も、負けじと声を張り上げた。

「五月二十八日は川開きだ。大川《おおかわ》にたくさんの川船が出て、大人たちが騒ぐんだ。花火が上がるのも二十八日からだろ。夜《よ》っぴて開ける店も出てくる。川辺がにぎわうようになって、喧嘩が起こったりもする」

丹次郎《たんじろう》が手を挙げて注目を集めた。

「五月二十八日って、今日のことだけど、もう一つ出来事があるって、鞠千代《まりちよ》が言ったんだ。曽我兄弟の討ち入りの日だって。あ、鞠千代は、今日は来てないです。でも、八つなのに、ここでいちばん頭がいいんです」

乙黒《おとぐろ》鞠千代は旗本の次男坊で、麹町《こうじまち》から五日に一度、駕籠《かご》に乗って通ってくる。去年の夏、初めてこの手習所にやって来た頃は、四書五経《ししょごきょう》の大半を諳《そら》んじてはいたが、物語の類はほとんど知らなかった。

鞠千代に『曽我物語』を教えたのは、手習所の筆子たちだ。皆、鞠千代ほどには覚えがよくないから、語り聞かせるといっても、初めからきちんとした形ではなかった。

半端《はんぱ》な物語の寄せ集めではあったが、鞠千代は目を輝かせて、仲間たちが語る『曽我物語』に聞き入った。それで皆に火が点いた。次に鞠千代が来る日までにと、皆で力を合わせて、『曽我物語』やそれにまつわるものを集めてきたのだ。

淳平が祖父のところから写本の『曽我物語』を借りてきた。白太は、歌舞伎役者が演じた曽我兄弟の姿絵を持ってきた。良彦は、曽我兄弟が描かれた古い凧《たこ》を持ってきて、存外器用な手つきで修理してみせた。

勇実は、歴史書である『吾妻鏡《あづまかがみ》』から曽我兄弟の足跡を見つけておいて、筆子たちに伝えた。曽我兄弟の仇討ちが絵空事《えそらごと》ではなく、本当に起こった出来事であることを知って、筆子たちは勇実の話に夢中になった。

去年そうやって皆で『曽我物語』を読んだことがあったから、鞠千代は五月二十八日という日付をしっかり頭に刻んでいたらしい。

川開きの日は、曽我兄弟の日でもあります。

五月一日に鞠千代がそう言ったので、今月は筆子たちの間に『曽我物語』の熱が再び訪れているのだ。

順繰りに口を開いて、筆子たちはそういう経緯を菊香に話した。菊香は感心した様子で聞いていた。

話の最後に、筆子たちは互いにつっき合った。「ほら、おまえが訊けよ」と、菊香に何事かを尋ねる役目を押しつけようというのだ。

結局、年嵩《としかさ》の者たちが頼りないので、年下の十蔵が役目を引き受けた。

「しょうがねえなあ。みんな、けつの穴が小さいぞ。なあ、菊香先生。曽我兄弟の十郎と五郎のことは知ってるんだよな?」

先生と呼ばれた菊香は、少しびっくりした顔をした。筆子たちから見れば、花びら染めを教えてくれた人だから、師匠には違いない。

菊香は微笑んで、十蔵にうなずいてみせた。

「兄の十郎は、幼名《ようみよう》が一萬丸《いちまんまる》。色白で、人当たりが柔らかく、母や恋人にも優しい人ですね。弟の五郎は、幼い頃は箱王丸《はこおうまる》といって、箱根権現《はこねごんげん》にちなんだ名でした。十郎以上にまっすぐな気性で、荒っぽいほどに厳しい人柄です」

十蔵が続けて問うた。

「それじゃあさ、菊香先生は、兄者《あにじゃ》の十郎と弟の五郎、どっちが好きだ？　どっちがいい男だと思う？」

囃《はや》し立《た》てるように、筆子たちが高い声を上げた。

千紘が笑って菊香に言った。

「わたしも訊かれたのですよ。こんなに興味津々《しんしん》で尋ねられたわけではなかったけれど」

久助が生意気そうに舌を出した。

「だって、千紘姉ちゃんの好きな人はみんな知ってるもん」

千紘はつんと鼻をそらした。

「そうよ、わたしは武蔵坊弁慶《むさしぼうべんけい》が好きなの。みんな知っているものね」

筆子たちは口々にわあわあ騒いだ。龍治の名があちこちから聞こえたが、千紘は知らんぷりをしている。

そして、誰からともなく口を閉ざすと、筆子たちは菊香の答えに注目した。

菊香は微笑んで答えた。

「弟の五郎のほうが好きです」

わあ、ええっ、と筆子たちが声を上げる。

十蔵が目をぱちくりさせた。

「女の人は、優しくて品がいい兄者のほうを好きになるもんだと思ってた」

菊香は、静かな声で笑った。

「そういう人が多いかもしれません。でも、わたしは、もしも曽我兄弟と一緒に過ごしていたなら、まっすぐ突っ走っていきそうな五郎のほうが気になります。何もかも自分で背負ってしまいそうで、危ういんですもの」

良彦がいきなり勇実のほうを指差した。

「勇実先生は十郎っぽいと思うんだ。『曽我物語』では、十郎のほうが腰を上げるのが遅いだろう。五郎は、兄者と二人で仇討ちをするんだって初めから決めているのに、十郎はほかの人も誘おうとしたりしてさ」

うん、と久助もうなずいた。

「十郎はのんびりしてると思う。五郎は、おっかさんと仲直りできたからもう心残りはないって言って、すごく潔《いさぎよ》い。でも、十郎は人がよすぎて寄り道が多くて、じれったいよね」

　千紘が口を挟んだ。

「五郎は十一の頃から箱根権現に預けられて、稚児《ちご》として修行をしていたから、里では暮らしていなかったでしょう。里で暮らしていた十郎のほうが、付き合いが多いし、まわりのことをあれこれ考えてしまうのも道理だと思うわ」

ねえ、と千紘が水を向けると、菊香もうなずいた。

「十郎は里で育って人に揉まれていたぶん、仏道の修行と剣術の鍛錬に明け暮れるばかりだった五郎より、心持ちが大人びているように思えますね。顔かたちは、日に焼けた五郎のほうが、年を重ねているように見えたそうですが」

　白太が首をかしげた。

「二人とも、大人だよ。仇討ちをしたとき、十郎は二十二で、五郎は二十だ」

　菊香が目を細めた。

「わたしもとうとう、五郎より年上になってしまうのですね。五郎は二十の五月二十九日に首を刎《は》ねられてしまったけれど、わたしはまだ生きていられそうですから」

「菊香先生って、二十？」

「年増でしょう」

「大人の年は、見た目だけじゃ、よくわかんないや」

　菊香はくすりと笑った。

「十くらいの頃には思い描いてもいませんでしたが、元服をしても、二十になっても、子供の心が消えてしまうわけではないのですよ。大人として考えなければならないことが増えるので、子供の心が見えにくくなってはいきますけれど」

　白太は目を丸くした。

「菊香先生も、まだ、子供の心があるの？」

「ある、と思います。曽我兄弟もそう。二人を仇討ちに駆り立てたのは、子供の心だったのではないかと、わたしは感じるんです」

　菊香は、静かな声で物語った。

　十郎は五つの頃、五郎は三つの頃に、父を亡くした。空を飛ぶ雁にさえ父がいるのに、なぜ自分たちはこんなにも寂しい思いをせねばならないのだろう。空を見上げて、兄弟はそう語り合った。

　幼い十郎と五郎は、父の仇討ちを夢見るほかに、寂しさの慰め方を知らなかった。あまりにまっすぐな子供の心で、兄弟は父の仇討ちを誓い合ったのだ。

だが、時を経るにつれ、子供の心のままで生きることは難しくなる。

二十二になった十郎は、もうぎりぎりだったのではないか。もう少し時を過ごし、分別《ふんべつ》がついてしまったら、仇討ちなど愚かしいと言い出しかねない。その恐れに、十郎自身、気づいていたのではないか。

二十の五郎は、きっとまだ子供の心のままだった。だから、あれこれ考えてしまう兄のことをじれったく思い、叱咤《しった》した。仇討ちの狩場《かりば》へ、己と兄とを駆り立てずにはいられなかった。

筆子たちはしんとして、菊香の話を聞いていた。

勇実は、菊香の言葉が腑に落ちた。同じようなことを考えていたのだ。

曽我兄弟を思うとき、その幼さに気づかずにはいられない。

十郎と五郎による仇討ちは、源頼朝がようよう力をつけ、ついに征夷大将軍《せいいたいしょうぐん》に任じられる流れの中で起こった出来事だ。

曽我兄弟の父は、狙って殺されたわけではなかった。狩りの帰りに流れ矢に中《あ》たって命を落としたのだ。

仇である工藤祐経が真に狙っていたのは、兄弟の祖父である伊東祐親《いとうすけちか》だった。

祐親は平家方《へいけがた》に与《くみ》する武将で、所領を広げるべく辣腕《らつわん》を振るい、敵も多かった。頼朝の子を殺害したこともある。

兄弟の母は夫亡き後、曽我氏のもとに嫁いだ。曽我氏は妻を愛した。そして、頼朝の敵である伊東氏の血縁と知っていながら、兄弟を大切に庇護《ひご》した。

源平合戦を経て、源氏の頭領たる頼朝が武家の頂点に立つと、伊東祐親は没落し、追い詰められて自害した。

兄弟の仇である工藤祐経は、頼朝の側近の一人として権勢を築いていった。兄弟は幾度となく祐経を討とうと狙ったが、頼朝が勢力を増すにつれ、祐経に近寄ることが難しくなっていった。

父が討たれたのと同じ狩りの場で、兄弟は仇討ちをしようと決めていた。だが、源平合戦以前の混乱していた頃とは、何もかもがどんどん変わっていった。征夷大将軍となった頼朝が率いる巻狩は、極めて整った軍立《いくさだ》ちだった。付き従う軍勢も、凄《すさ》まじく多かった。兄弟がつけ入る隙などなかった。

十郎が二十二、五郎が二十のとき、富士野の巻狩に潜り込めたのは、いくつもの幸運が重なったからだった。この一度の機会を逃せば、兄弟は仇討ちの志を葬《ほうむ》るよりほかなかっただろう。

兄弟を取り巻く人々、とりわけ兄弟の母は、仇討ちをやめさせようと心を砕き続けていた。源氏に仇《あだ》をなした伊東祐親の血を引く兄弟も、息をひそめているのなら、生きることを許される。だから、黙って曽我氏の庇護を受け、暮らしていればよい。仇討ちなど、もってのほかだ。

そんな母の願いを汲《く》まず、兄弟は、ただまっすぐな子供の心で仇討ちを目指した。あまりに危うい五郎など、母に勘当され、「うちには五郎という子はおりません」と言われもした。母はそうしてまでも、兄弟の仇討ちを止めたかったのだ。

曽我兄弟の仇討ちは見事な物語であると、後世では評されている。だが、兄弟と同じ時を生きた人々は、仇討ちの志を否《いな》み、兄弟の命を守ろうとした。牙《きば》と爪を納めてうまく生きろ、それがよりよい道だと、懸命に説いていた。

勇実はそっと息をついた。

二十四となり、分別がついた今となっては、曽我兄弟を仇討ちに駆り立てた熱情がひどく幼く見えてしまう。

子供の頃に『曽我物語』を読んだときは、まったく違うふうに感じていた。

兄弟を止めようとする母の言葉は鬱陶《うっとう》しかった。数々の苦難を乗り越え、ついに仇討ちを果たす場面には胸が躍った。最後に兄弟が死んでしまうのは悲しいが、命懸けで宿願を果たす物語は胸のすくものだと思った。

もしも今、筆子の誰かが曽我兄弟のような悲しい約束を胸に秘めているのなら、勇実は何としても引き留めるだろう。仇討ちとは違うやり方で無念を晴らす道を、どうにか探そうとするだろう。

思案に沈む勇実の耳に、ぱちんと手を打つ音が響いた。

「あっ、わかった！」

淳平である。

「何がわかったんだ？」

良彦につつかれた淳平は、菊香に言った。

「さっきの菊香先生の答えのことだよ。菊香先生は、五郎のほうがいい男だと思っているんじゃなくて、気になってしょうがないんですよね？　それは菊香先生にも弟がいるから、いつもの癖で、弟の五郎のほうに目が行くんでしょう？」

菊香は優しい目をした。

「そうかもしれません。確か淳平さんは、矢島道場でわたしの弟と顔を合わせたことがあるのでしたね」

「はい！　菊香先生も剣術がとても強いと、貞次郎さんが誉めていました」

元気よく淳平が言ったので、筆子たちはざわついた。おしとやかな菊香先生が剣術なんて、と驚いている。嘘だぁ、嘘じゃないよ、と大騒ぎだ。

菊香は恥ずかしそうに両手で頰を覆った。

久助がくるりと勇実のほうに振り向いて、にやっと笑った。

「よかったな、勇実先生。菊香先生は五郎時致が好きだけど、それにはわけがあったんだ。勇実先生に似た十郎祐成のことが嫌いってわけでもなさそうだぞ」

久助の隣にいる菊香にも、もちろんその言葉は聞こえただろう。だが、菊香は勇実のほうを振り返らなかった。

勇実はただ、苦笑いをしてごまかした。


昼八つ（午後二時頃）、手習いがお開きになった後である。

菊香は鉢植えの朝顔の様子を一つひとつ丁寧に見た後、勇実の名を呼んだ。

「勇実先生、ちょっとよろしいですか」

少し冗談めかした響きに、勇実はどきりとした。

千紘も将太も筆子たちも、さっさと手習所を後にしてしまった。帰ったのではなく、庭で遊んでいる。勇実と菊香を二人きりにしようという、ちょっとしたいたずらなのだ。

二人きりにされたところで、何もない。話しづらいだけだと、勇実は思った。先月のことをろくに弁明できずにいるせいで、後ろめたくて仕方がない。

咳払《せきばら》いをして、勇実は菊香のそばに並んだ。

「何でしょう？」

「見てください。朝顔の種がもうすぐ採れそうです」

「種ですか？」

鉢植えの朝顔のうち、初めの頃に咲いた花は、硬く丸く青い実をつけていた。実の中には種が入っている。もうしばらくすると、実は枯れた色になってくる。その頃には種も十分に熟しているから、皮を剝いて種を採るとよい。

「朝顔の種は、一つの実から六つほど採れるのです。次の年に育ててみるとしても、たくさん採れすぎると思いますから、別のことに役立ててはいかがでしょう？」

「別のこととは？」

「大きな数を数えたり、お金の勘定をしたり、そういったことの稽古に使うのはどうでしょうか。そろばんを扱うのが苦手な子も、自分たちでお世話をした朝顔の種なら、かんしゃくを起こして引っくり返したりしないのではないかと」

菊香は、くすりと笑った。

昼餉の後の手習いで、なかなか数の帳尻《ちょうじり》を合わせられない久助が、いらいらしてそろばんを引っくり返した。あおりを食って、隣にいた良彦もそろばんがぐしゃぐしゃになり、二人が喧嘩をしてしまったのだ。

勇実がうなずくと、菊香は別の案も挙げた。

「絵の具が手に入るなら、種に色を塗ってみても、おもしろいかもしれません。花びら染めでは、真田幸村の赤備えのような鮮やかな赤を出すのは難しいけれど、種を絵の具で塗るならば、好きな色をつけられますから」

手習いのお開きの頃まで色水に漬けておいた手ぬぐいは、淡い赤色に染まっていた。

赤っぽい色の小物を持っていなかった筆子たちは、大いに喜んだ。だが、菊香としては、もっとしっかり赤い色を出したかったらしい。

勇実は、ちょうど手元にあった反故紙《ほごがみ》に、菊香の案を書きつけた。

「明日にでも、筆子たちと話してみます。いろいろとありがとうございます」

「いえ。今日はとても楽しゅうございました」

菊香はきれいな仕草で頭を下げた。

三

昨日の菊香に続き、今日は尾花琢馬《おばなたくま》が手習所を訪れている。

手習いがお開きになる頃を狙ってやって来た琢馬は、筆子の中でも白太だけが残っているのを見ると、勝手知ったる様子で上がり込んできた。

墨の匂いに満ちた手習所に、琢馬がまとう麝香《じゃこう》の匂いがふわりと混じる。

勘定所勤めの琢馬は、いつものごとく身軽なものだ。本当は供廻《ともまわ》りを連れていなければならない身の上のくせに、一人で出歩きたがる。

白太は嬉しそうに、琢馬にあいさつをした。

「こんにちは。お久しぶり、です。尾花さま」

ずば抜けて絵が得意な白太は、去年、琢馬に虫の絵を買ってもらったことがある。以来、たまに顔を合わせることがあると、舌っ足らずなしゃべり方で、あれやこれやと琢馬に話しかける。

白太が帰った後には必ず、あの子は侍が怖くないんでしょうかね、と琢馬は呆れたような顔をしてみせる。が、白太に懐《なつ》かれるのはまんざらでもないらしい。

「こんにちは。今日も書き取りを投げ出さずに、しまいまできちんとやっているんですね」

「うん。おいら、遅いけど、しまいまでやる」

「立派です。私は何事もすぐ飽きるのでね。あなたを見習わなくては」

「ううん。早く覚えられる人のほうが、すごいよ。尾花さまは、頭がいいから、さっさと次に行けるんだ」

曽我兄弟のためにと生けた花は、今日もまだ、そのまま飾ってある。鳥の絵と蝶の絵がそれぞれ添えられた竹筒を見て、琢馬もすぐにぴんと来た顔をした。

「富士野での仇討ちの翌日でしたっけ。曽我五郎が打ち首になったのは」

白太は顔を輝かせた。

「尾花さまも『曽我物語』が好き？」

「まあ、そうですね。誰しも一度は触れるものでしょう」

「おいらも好き」

琢馬は、鳥と蝶の絵を指差した。

「あなたが描いたのでしょう？」

「実に見事です。千鳥模様の代わりの雁は、畳んだ羽根がふわふわで柔らかそうですね。この蝶も美しい。黒に瑠璃色《るりいろ》の模様が入っているなんて、珍しいですね。どちらも、本物を見ながら描いたのですか？」

「うん」

「そう、見て描いた。雁も蝶も、飛んでるところより、休んでるところのほうが、たくさん見られた。だから、こっちがうまく描けたんだ」

「では、いろいろと描いてみた中から、よくできたものを持ってきたのですね。素晴らしい。あなたはどんどん腕を上げますね」

白太は目をきらきらさせ、ぺこりとお辞儀をした。誉められて嬉しくなり、気持ちが高まったせいで、言葉が出てこなくなったのだろう。

琢馬と白太のやり取りを眺めながら、勇実はちょっと苦笑した。

「あの、琢馬どの。私に何か話があって、ここに来たのではないのですか？」

琢馬は、ああ、と声を上げた。

「話があるといえばありますが、今日でなくともかまいません。上役《うわやく》からは、たびたび勇実さんの様子をうかがっておくようにと言われているので、今日のところは言葉のとおり、様子をうかがうだけでいいでしょう」

「いいのですか」

「いいのですよ。ご公儀の仕事は、子供の学びの速さとは比べ物にならないほど、歩みが遅いものですから。時はまだしばらくあるのですよ」

琢馬は、目尻に甘い笑い皺を刻んでみせながら、まなざしの奥に鋭いものをちらつかせた。

支配勘定の役に就く琢馬が初めてこの手習所を訪ねてきたのは、去年の秋のことだった。勇実に引き抜きの話を持ってきたのだ。

勇実の父である源三郎は、かつて勘定所に勤めていた。その頃のことを勇実はあまり覚えていないが、源三郎が手掛けた仕事は今でも勘定所で役立っているらしい。

今、勘定奉行の一人である遠山景晋《とおやまかげみち》は、勘定所に巣食う旧弊《きゅうへい》を一掃《いっそう》して能吏《のうり》を増やそうと考えているという。

遠山は、できることならば源三郎を勘定所に呼び戻したかったようだ。が、すでに源三郎は亡《な》い。その代わり、勇実に白羽の矢が立った。

琢馬は遠山の子飼いである。父と共に遠山の下《もと》で働いており、その役目の一環として勇実に近づいてきた。

とはいえ、琢馬は役目一筋の硬骨漢《こうこつかん》などではない。近頃はどうも単なる息抜きのために、手習所を冷やかしに来ているようだ。

琢馬は首を傾け、肩を揉みほぐしながら、面倒くさそうに言った。

「実は先日、父が出世しまして。我が家も旗本になったようですよ」

「それは、おめでとうございます。出世なさったというのは、いつのことです?」

「いつでしたっけ。お祝いなど、お気遣いなく。出世したのは父であって、私ではありませんし。だいたい、この程度の出世では厄介《やっかい》な付き合いが増えるばかりで、さほど裕福になるわけでも有名になるわけでもありません」

「そうなんですか」

「ところで、父が繰り上がったぶんの席が一つ空いたわけですが、来ません? 今ならすぐお役に就けますよ」

ちょっとそのへんに飲みに行かないかとでも言うような、軽い口調だった。

勇実は苦笑した。

「そう急に言われましても」

「前々から誘っていますが?」

「まだ動けませんよ」

勇実は白太の天神机に視線を落とした。

白太が読み書きを身につけるまではこの手習所で面倒を見てやりたい、と琢馬には言ってある。琢馬もむろん、それを覚えている。だからこそ、誘う口調が軽いのだ。

「ご公儀のお役に就きたい者はいくらでもいますから、こたびの席は、あっという間に埋まるでしょう。勇実さんがこちらに来たいと言うなら、すぐにも強引に席を設《もう》けますが」

白太は、頭上で交わされる会話にぽかんとして、手を止めていた。勇実が促すと、はっと我に返って、残っていた余白に最後まで字を書いた。

虫が好きな白太は、去年までは虫の名を書き取りの手本にしていた。近頃はもうちょっと学びが進んで、虫が含まれる俳諧を手本にするようになった。

ものの名前を写して書き取ることと、文中に描かれた情景を書き取ることは、難しさが段違いのようだ。白太に限らず、俳諧や歌やもっと長い文を写すとなると、すぐには上手にできない子がいる。

琢馬は、白太の拙《つたな》いかな文字をのぞき込んだ。

「しずけさや、いわにしみいる、せみのこえ。松尾芭蕉《まつおばしょう》ですね。出羽国《でわのくに》の山寺《やまでら》の、ほかに声や音を立てるものがないところで、蟬《せみ》の声ばかりが聞こえている、という情景ですね。蟬にもいろんな種があり、いろんな鳴き方があるものですが」

白太は目を真ん丸にすると、巧みに蟬の鳴き真似をした。

「みーんみんみんみんみん。岩に染み入るという言葉があるから、雨みたいにざーっと、蟬の声が降ってくるんだ。雨が降るのにいちばん似てるのは、みーんみんみんみんみん。たくさん鳴いてたら、声がざーざー降ってくるみたいなの」

勇実は目を見張った。

「白太はそんなふうに蟬の声を感じ取っているのか」

「うん。みーんみーんと鳴く蟬の声は、雨粒みたいに、降ってくるんだよ。かなかなかなかなっていう、ひぐらしの声は、横にすうっと広がっていくの。水に石を投げたときと同じ」

琢馬が矢立《やたて》と帳面を取り出し、さらさらと書きつけた。

「風流ですねえ。虫の声のこと、もっと教えてもらえませんか」

白太はますます目を真ん丸にした。

そのときだ。

手習所におとないを入れる声がした。男の声である。

「あのう、こちらに白太どのという絵師がおられるとうかがったのですが」

儒者髷《じゆしやまげ》の男がひょっこりと顔をのぞかせた。三十ほどの年頃だろう。

知っている顔だと、勇実は思った。相手も、おや、という顔をした。

最初に答えに行き着いたのは琢馬だった。

「佐久間町《さくまちよう》にお住まいの、蘭方医《らんぽうい》の深堀藍斎《ふかほりらんさい》どのでは？」

ああ、と勇実は手を打った。

藍斎のほうも、それで思い出したらしい。

「正月に不届き者を追いかけていらした、白瀧さまと尾花さまですな。あの後、白瀧さまの妹御《いもうとご》は？」

「おかげさまで、平穏に過ごしておりますよ」

「それはよかった。拙者のほうの懸念《けねん》も、あれっきり消えました」

正月、千紘にまとわりついていた浮気男の後をつけていたら、その浮気男によって迷惑をこうむっていた藍斎と知り合った。妙な縁ではあるが、勇実と琢馬と藍斎は意気投合したのだった。

藍斎は、袂《たもと》から大事そうに一枚の紙を出した。

小さな紙である。色鮮やかな絵がそこにあった。

白太が「あっ」と指差した。

「おいらの絵」

藍斎が絵と白太を見比べ、目を剝《む》いた。

「何と、子供であったとは！」

藍斎の手にある絵には、黒い翅《はね》に瑠璃色《るりいろ》の模様が入った蝶が描かれている。その筆遣いはまさしく、白太が曽我五郎の目印として描いた蝶の絵と同じだった。

四

白太は蝶の絵を何枚も何枚も描いたという。手習所の皆が楽しみにしてくれているから、なるたけ正確に、美しく描きたかったのだ。

たくさん描いたもののうち、最もきれいにできたと思った一枚を、手習所に持ってきた。ほかのものは、家に置いたままにしていたら、祖父がいたく気に入って持ち去ってしまった。

祖父に持ち去られた蝶の絵は、簡素な表装を施《ほどこ》して、版木屋に飾られていた。

藍斎はたまたま店先を訪れ、その蝶の絵を目にして、思わず食いついたのだという。

「拙者は、長崎で医術と蘭学の修業をしてまいりました。蘭学の中でも、西洋における本草学《ほんぞうがく》、とでもいいましょうかね。草木や虫や鳥や魚を、決まり事に従って、種《しゅ》ごとに分けていく。そういうやり方があるんです。拙者はそれを学び、特に虫を知ることに夢中になりました」

蝶の絵をそっと撫でながら藍斎が言うと、白太は大きくうなずいた。

藍斎の話し方はゆっくりとしており、声音《こわね》は柔らかだ。子供の白太に聞かせるための口ぶりである。大人同士で話したときは、もっと堅くて気の細かそうな感じがあった。

この人は名医なのだろう、と勇実は感じた。相手の様子に合わせて、適した処方をするのが、きっとうまい。

藍斎は白太に確かめた。

「この蝶は、珍しい種のものです。なかなか出会えるものではない。しかし、あなたはこの蝶を見たことがあるから、こんなに細かく描けたのでしょう？」

白太はうなずいた。

藍斎の声が熱を帯びた。

「拙者はこの蝶を探しているんですよ。長崎で一度だけ見たのです。長崎のほうがいくらか江戸より暖かい。長崎を離れては、もう二度とあの蝶を見ることなどかなわないと思っていました。ところが、白太どのが描いたこの絵ですよ！」

白太は口を開けたが、声が出ない。もともと話をするのは得意ではないのだ。声も言葉も、出てくるまでに少し時がかかる。

藍斎は白太のほうに身を乗り出した。

「江戸でこの蝶を見たのですよね？　いつ、どこで見たのです？」

白太の両手が、ぱたぱたと動いた。書き取りのせいで、両手とも墨がくっついたままだ。

勇実は藍斎をなだめた。

「ちょっとお待ちください。急に問われてすぐに筋道立てて答えられるのは、そういう稽古を重ねた大人だけですよ」

「ああ、これは失礼」

勇実は白太に向き直った。

ゆっくりと説き聞かせながら、言葉を引き出してやればよいのだ。そうすれば、白太も過《あやま》つことなく、言いたいことを相手に伝えられる。

言葉が追いつかないだけで、白太は、いつどこで何をしたということを、極めて確かに覚えている。その目に映したものを、映したとおりに頭に焼きつけているのだ。類まれな才である。

ふと、琢馬が横から割り込んで、矢立の筆を白太に握らせた。袂から紙を出して白太の前に広げてやると、琢馬は白太を促した。

「絵巻物のように、何があったのかを絵で描いて、問いに答えてごらんなさい。私の筆を使えば、細い線が引けますよ。小さなものを描き込むには、ちょうどいいでしょう。さあ、あなたの腕前を見せてください」

白太は目をきらきらさせてうなずいた。

琢馬が視線を向けると、心得た藍斎がもう一度、ゆっくりと問い直した。

「あの黒と瑠璃色の翅を持つ蝶を、いつ、どこで見ましたか？　蝶は思いもかけない遠くまで飛ぶ力を持っていますから、もうそこにはいないかもしれませんが、万が一ということもあります。よかったら、拙者に教えてください」

白太は己の左右の手を見比べると、左手に筆を持ち直した。おや、と琢馬が目を見張った。

白太が紙に筆を走らせた。

迷いもなくまず描いたのは、さーっと斜めに降る雨だ。右から左へと時が流れると、徐々に雨はやみ、晴れ間と虹《にじ》が現れる。その下に、鳥居が描かれた。

ああ、と琢馬が声を上げた。

「確か五日前、虹が出ましたね。夕の七つ（午後四時）頃だったと思いますが」

白太は大胆に墨を紙に落とすと、筆を持たない右手の指で、葉を茂《しげ》らせる木を次々と描いた。横ざまにまっすぐ伸ばした線は、社《やしろ》の屋根の稜線《りょうせん》になる。

勇実は目を細めた。似た社を知っている。人混みの絶えぬ日本橋にあって、そこだけは気配が違う。鳥居をくぐると、すうっとした静けさに包まれるのだ。

「わかった。汐見橋《しおみばし》から西に行ったところの朝日稲荷《あさひいなり》だ。白太の家の版木屋は、その近くだな」

「うん！」

白太はようやく声に出してうなずいた。

琢馬は眉を持ち上げた。

「珍しい。あまり人混みに出たがらない勇実さんが、日本橋にある社を知っているとは」

「私が仕事を請《う》けている書物問屋が、汐見橋の東詰《ひがしづめ》にあるんです。今は千紘がお遣いをこなしてくれますが、昔は自分で出向いていましたから、あのあたりは少し土地勘があって」

「書物問屋への行き帰りだけなら、美しい蝶が飛ぶような風流な社なんて、目に留めることもないんじゃありませんか？　しかも、わざわざ橋を渡った先でしょう。その社、逢い引きに使っていたんじゃないですか？」

さらりと言い当てられてしまった。確かに琢馬の言うとおり、おえんと一緒に行ったのが、朝日稲荷だ。

勇実は何と答えてよいかわからず、むなしく口を開閉させた。

白太は社の裏手で蝶を見たらしい。左手の筆と右手の指が描き出す景色は雄弁で、草いきれの社の裏手がどんなありさまか、蝶のほかにどんな虫がいたのかまで、はっきりと見て取れる。

やがて白太が手を止めると、藍斎は深々と頭を下げた。

「感服いたしました。蝶の絵と合わせ、こちらの社の絵を売っていただきたい。ぜひよろしくお願いいたします」

白太はぽかんと口を開けた。勇実は思わず声を上げた。

「絵を売る、ですか」

「まだ手習いも終えていないような幼子《おさなご》を相手に頼み込むのは、滑稽《こっけい》に思われますか」

「いえ、そうではありません。白太の絵の才は、私も素晴らしいと思っておりますが、ちょっと驚いてしまいまして」

琢馬が笑い、白太の後ろに回って、子供っぽく華奢《きゃしゃ》な背中に手を添えた。

「ほら、私の目利きは確かでしょう。贔屓目《ひいきめ》を抜きにしても、すごいものを描くんですよ、この子は。藍斎どの、実は私こそが、絵師白太さんのいちばん初めの客なのです。ねえ」

琢馬は白太の顔をのぞき込んだ。白太は頬をふにゃりとさせて笑い、うなずいた。

藍斎は急《せ》き込《こ》んだ。

「どんな絵を買われたのです？　やはり虫の絵ですか？」

「ええ、まつむしの絵でした。それはもう見事に細かく、丁寧に描かれていたんですよ」

「何とうらやましい！　白太さん、拙者も虫が好きなのです。見たままの姿をそのまま写し取る画風の絵も大好きなのです。よかったら、仲良くしてください。

後生《ごしょう》です」

白太は何度か口をぱくぱくしながら、一言だけ問うた。

「虫取り、好き？」

藍斎は笑った。目尻にたくさん皺が寄って、優しげな様子になった。

「もちろん、虫取りは大好きですよ。生きた虫の動きを、ただじいっと見つめるのも好きです。虫の声を聞くのも好きです。あなたも同じですか？」

白太は、こっくりとうなずいた。

勇実は肩の力を抜いた。白太が粗相《そそう》をしまいかと、やはり気を張っていたようだ。勇実は藍斎に頭を下げた。

「うちの筆子の才を高く買ってくださり、ありがとうございます」

「いいえ、押しかけてきたのに丁寧に応じてくださり、こちらこそ感謝いたします。それで、絵にはいかほどお支払いしましょうか。あまり持ち合わせはありませんが」

琢馬が答えた。

「十六文でした。私のときはね」

では、と藍斎は財布を出した。

勇実の目に、白太がいずれ進んでいく道が見えた気がした。白太はきっと大成する。大人になり、一人前の絵師になる日の白太の活躍が、勇実は楽しみでならない。

上機嫌の藍斎が帰り、白太も帰っていった。

琢馬は、白太に貸していた筆をためつすがめつした。右手の指を使って絵を描くようなことをしたので、左手で持っていた筆にも、べったりと墨の痕《あと》が残っている。

勇実は恐縮した。

「筆を汚してしまいましたね。洗えば落ちますか？」

琢馬は目尻を下げて微笑んだ。楽しくてたまらないときの、くしゃくしゃになる笑い方だ。

「洗いませんし、落としませんよ。あの子はきっと有名な絵師になります。そうしたら、この筆は世に二つとない値打ち物ですよ。大成してからの手形は、頼めば押してもらえるでしょうが、こんなあどけない頃の手形はねえ」

「白太のこととなると、琢馬さんはずいぶんと甘い」

「あの子には、すっかりほだされてしまいました。まったく、おかしな話ですよ。私は、あの子の前から大好きな勇実先生を奪いに来た、悪者のはずだったんですがね」

琢馬はひとしきり、くつくつと笑った。そして、大事そうに筆をしまって、髪をいじった。毛先が乱れ、後《おく》れ毛《げ》がいくつか落ちてきて、遊び人風の隙ができる。そうすると何とも粋な趣《おもむき》になるのが、実に琢馬らしい。

「久方《ひさかた》ぶりに、姿絵を描いてもらいたいと思うほどの絵師に出会いました。好きなんですよね、ほかの誰とも違う才や芸を持つ人。今日は姿絵を頼みそこねてしまったので、また次ですね」

「白太に琢馬さんの姿絵を描かせるのですか」

「勤め帰りの堅苦しい格好ではなく、とっておきの羽織をまとった姿で描いてもらいたいですね」

勇実も楽しくなってきて、笑った。

「どうぞお手柔らかに。あまりに派手な装いだと、白太はともかく、白太の親が心配するかもしれませんから」

「やくざ者や遊び人と付き合っている、と？　そんなにひどい格好はしませんせんよ」


琢馬は頰を膨らませ、唇を尖《とが》らせた。まるで若い娘のような顔をしてみせたわけだが、さまになってしまうのが憎い。

「白太は虫や花を特にうまく描きます。琢馬さんの好きな蝶や牡丹《ぼたん》の柄の着物も、きっと見事に描いてくれるでしょう」

「ああ、そうですよね。楽しみです」

障子をすべて開け放っているから、庭越しに道場の様子が見える。龍治が指南の声を張り上げているのが聞こえてくる。

みーん、と蟬が歌い始めた。

そろそろ梅雨が明けたようだ。五月晴れと言うには、空の青さがあまりにまばゆい。暑い盛りの空の色である。

琢馬が、曽我兄弟のための竹筒から、しおれかけた花を抜き取った。

「曽我兄弟の物語、実は、子供の頃からあまり好きではないんですよ」

「さっき琢馬さんと白太と話しているときに、そんな感じを受けました」

「見抜かれましたか。あの物語はね、兄弟から取り残されたような気持ちになるんです。だって、兄の十郎は、父親が死んだときは五つ。弟の五郎に至っては三つですよ。そんな年頃では、父親の顔なんて覚えてもいませんよね」

「五郎が仇《かたき》である工藤祐経に、おまえは父親に似た男前だと言われて、悔しがる場面がありましたね。五郎自身は、父親や祖父の顔をまったく知らない様子で」

「そのくらい、父親との縁が薄い兄弟なんですよ。それなのに、なぜ命までなげうってしまえるんです？　私はどうしてもそう考えてしまうから、曽我兄弟の母親が哀れでならない。母親や女たちの立場で物語を見てしまうんです」

「子供の頃から？」

「ええ。まあ、私自身が父親を嫌っているせいですがね。兄にそう言ったら、おまえは確かに父や兄が何者かに殺されても、仇討ちなどせず、空いた穴を埋めるべく上手に立ち回って、現世の真ん中を生きていくのだろうな、だそうです。大当たりですね」

琢馬の兄はすでに亡い。ゆえに次男坊でふらふらと遊んでいた琢馬に、嫡男としての立場と勘定所勤めの役目が回ってきたのだ。

勇実は何となく気になって、琢馬に尋ねた。

「強《し》いて挙げるなら、あの物語の中で誰がいちばん好きですか？」

琢馬は答えた。

「虎御前《とらごぜん》ですね」

「十郎と恋仲だった、遊女の虎御前ですか」

「あの人が最も初めに『曽我物語』を語り始めた、という言い伝えもあるでしょう。将軍の側近を殺した謀反人《むほんにん》の情人《いろ》でありながら、逃げも隠れもせず、堂々と物語を語り起こした。恋した人の生きた証《あかし》を、こうして後世まで残したんです。凄まじい情念じゃないですか。そういうのが好きなんですよ」

勇実の頭に、おえんの姿が浮かんだ。おえんのことを誰にも明かせずにいた自分の情けなさを思った。

添《そ》い遂《と》げることができず、途切れて終わった恋ならば、なかったことにして、忘れてしまうのがいちばん楽だ。勇実はおえんを忘れることにした。虎御前はそうしなかった。琢馬の言うとおり、何と凄まじい情念だろう。

おえんは勇実との思い出を誰かに語ることがあっただろうか。もしあったなら、どんなふうに語ったのだろうか。

つらつらと考えてしまいそうになって、勇実は一つ、かぶりを振った。

「筆子たちからは、虎御前が好きという声は上がってきませんでした」

「確かにね。大人の恋を知ってからでなければ、虎御前の情念に心を惹かれたりはしないでしょう。虎御前から見れば、十郎は、自分を置き去りにして別の人を選んだわけです。虎御前はきっと、愛しい十郎を憎みもしたでしょうね」

「別の人を選んだ？」

「弟の五郎のことですよ。十郎は結局、五郎と共に死ぬことを選んだんです。情人よりも弟のほうが愛しかったんでしょうかね」

愛しさと憎しみのねじれた想いを、勇実は思い描いた。おえんがいなくなって未練を引きずっていた日々を思い出した。胸がずんと重くなる。

「虎御前は、十郎を死地に連れていった五郎に嫉妬したでしょうか」

「してもおかしくないでしょう。勇実さんだって、千紘さんが兄を取るか龍治さんを取るかで、悶々《もんもん》と悩んだことはありません？」

「すぐにそうやってからかうのは、琢馬さんの悪い癖ですよ」

勇実はしかめっ面《つら》をこしらえたが、長くは持たない。琢馬と目を見合わせると、同時に噴き出した。

琢馬は伸びをした。

「この手習所は居心地がいい。ここにいると、気負わずに言葉が出てくるんです。勇実さんの筆子たちもそうなんでしょうね」

「そうあってほしいと願ってはいるのですがね。自分ではわからないのですよ」

「ずいぶん慎重な物言いだ。いつもそうですよね。子供はこういうものだ、と決めつけてかかることをしない。勇実さんは、本当に子供が好きなんですね」

琢馬の言葉に、勇実はうなずかなかった。

「子供が好きというより、人が好きなんです。言葉を交わせない赤子が相手だとまた違うのでしょうが、ここに通ってくるような年頃になれば、もう十分に、自分なりの形を持っているものですよ。あの子たちはそれぞれ、自分なりの心や言葉を持った、ひとりの人なんです」

琢馬はうなずいた。

「それだ。腑に落ちました。犬が好き、猫が好きと言うように、子供が好きという言い方をする手習いの師匠の中には、いけ好かないやつもいます。勇実さんには、そういうところがない。人が好きだからなんですね」

「ええ。私は、人を相手にする仕事をしているんです。子守《こも》りとは違う。そう思っていますよ。だから、さっき琢馬さんと藍斎どのが白太を一人前の人として扱ってくれて、嬉しかったし、しっくりきたんです」

筆子たちの心はまだ幼く、大人と同じように扱われれば寂しさを覚える者もいる。そのことは勇実も感じている。

だが、それならば、どうしたら寂しさを埋め合わせてやれるのだろうか。勇実にはわからない。

昨日来てくれた菊香は、そのあたりをおのずと感じ取り、よりよい接し方を選ぶことができていた。菊香は、勇実にできないことを、さらりとやってのける。すごい人だと、勇実は思う。

庭の向こうの道場の声がやんだ。

一息入れるぞ、と龍治の声が聞こえた。門下生たちは勢いのよい返事をした後、わあっと砕《くだ》けた様子になる。

ひょいと庭に出てきた龍治は、勇実だけでなく琢馬が手習所にいるのを見つけて、おうと手を挙げた。

「何だ、お揃いかよ。せっかくだから、一緒に茶でも飲まないか？」

勇実と琢馬は視線を交わし、ほとんど同時に腰を上げた。

「暑いのに、龍治さんも精が出るな。さっき、お吉が甘いものを作ったと言っていた。たぶん、お吉の得意なあずきどうふだ。茶と一緒にどうかな？」

「お、いいねえ」

「私もご相伴《しょうばん》にあずかっていいでしょうか」

「もちろんですよ。屋敷のほうに行きましょう」

手習所の戸締まりをするのを、琢馬が手伝ってくれた。

琢馬は、しおれた花を紙に挟んで、袂に落とし込んだ。勇実が目で問うと、琢馬は答えた。

「押し花にしておけば、長く持ちますからね。捨てるに忍びないときは、こうしておくんです」

琢馬の微笑んだ目が、白太が描いた雁と蝶を見つめた。

龍治が汗を拭いながら、青い空を仰いだ。

「五月も終わるなあ。これからますます暑くなるぞ」

庭木に止まった蟬がにぎやかに鳴いている。

曽我兄弟が越えられなかった五月が、また一つ、勇実の上を通り過ぎていく。

第三話　仲間の印

一

今年の土用の入りは六月三日だった。

土用の頃には、武家でも町家でも寺社でも、蔵を開けて中のものを引っ張り出してきて広げ、虫干しをする。

裕福な家では、色とりどりの着物をずらりと並べて干すから、目にも鮮やかな情景になるのだという。大きな古寺《ふるでら》の虫干しは、珍しい仏像や経典が表に出てくるとあって、見物人も多い。

白瀧家の場合は、たかが知れている。狭い庭に着物と書物を広げ、日の光と風に晒《さら》す程度だ。一日あれば済んでしまう。

隣の矢島家はもうちょっと虫干しすべきものが多いが、道場の門下生を駆り出すので手は十分に足りる。

勇実においては、虫干しの当日よりも、その後のほうが慌《あわ》ただしい。今日も、勇実は手習所の筆子たちを帰すと、昼寝もせずに次の仕事に取りかかっている。

千紘はお茶と菓子を縁側に置き、部屋の奥へと声を掛けた。

「兄上さま、おやつです」

「ああ。ありがとう」

部屋じゅうあちこちに、古書が積まれている。古書はすべて、近所の屋敷や筆子の家から持ち込まれたものだ。虫干しの際に蔵の奥から出てきたが、由来《ゆらい》や中身がわからないものだという。

勇実が歴史に詳しいのは周知のことだ。そのため、蔵の古書に何が記してあるのかを読み解いて、ざっくりとしたあらましを書き添えてほしいと頼まれるのだ。

伸びをして体をほぐした勇実は、おやつのほうへ出てきた。

「預かりものが多いと気疲れするな。うっかり傷めてしまわないうちに、早く持ち主のもとにお返ししたいところだ」

「それで大急ぎで働いているのですね。昼寝もせずに」

「終わらせてから、心置きなく昼寝するさ。それにしても、今年はよく集まった」

「年々増えていますよね。お礼もしていただけるから、そのぶん、今月はちょっと贅沢《ぜいたく》だけど」

千紘は、朝顔の形を模した落雁《らくがん》をかじった。優しい甘さが、ほろほろと、舌の上で崩れて溶ける。

京の有名な菓子屋、亀屋《かめや》の落雁である。江戸ではおいそれと手に入るものではない。小普請組支配組頭の酒井孝右衛門が、勇実に読み解いてほしいという古書の山と共に、謝礼として置いていったのだ。

千紘が思うに、勇実と孝右衛門の間柄は何だか変わっている。普通の侍の付き合いなら、お役に就いていない勇実のほうから、組頭である孝右衛門宛てにあいさつの品々を贈るものだろう。ところが、孝右衛門は、白瀧家や勇実の手習所に菓子や花を持ってきてばかりだ。

勇実は落雁を口に入れ、茶で流し込むと、眉間《みけん》をつまんで揉みほぐした。

「古い本が出てきたといっても、さほど難しいものはあまりない。じっくり向き合えば、誰にでも読み解けるようなものが多いんだがなあ」

「じっくり向き合う暇がある人ばかりではないし、やっぱり餅《もち》は餅屋だと皆考えるのでしょう。夕餉の支度を始めるまではわたしも手が空いていますから、手伝いましょうか」

「それは助かる。実は、ちょっと百登枝先生に相談したいこともあってな。千紘が渡りをつけてくれないか」

勇実は茶を飲み干した。

部屋の奥へ戻ろうと腰を上げた勇実が、あっ、と声を発してその場に固まった。千紘はその視線を追って、門から姿を見せた人に気がついた。

「あら、菊香さん」

日傘を差し、小さな風呂敷包みを手にした菊香が、しなやかな仕草で頭を下げた。

「お届け物にまいりました。勇実先生に」

わざと勇実を先生と呼んだ菊香は、いたずらっぽい含み笑いをして、縁側で固まっている勇実の前で風呂敷を開いてみせた。

中から出てきたのは、小さな巾着袋《きんちゃくぶくろ》である。一つ二つどころではなく、ちょっとした数がある。

勇実は目をしばたたいた。

「これは一体」

「手習所の筆子さんたちに。ようやく十六個、できたところです。そろそろ朝顔の種が採れるようになってきたでしょう？　種を入れるのにちょうどよいかと思って、巾着袋をこしらえてきました」

千紘は、巾着袋の一つを手に取った。

端切《はぎ》れを寄《よ》せ木細工《ぎざいく》のように接《つ》ぎ合《あ》わせてあるのだが、それが見事に洒落《しゃれ》た模様になっている。鼠色《ねずいろ》や墨色《すみいろ》といった渋い色の中に、鮮やかな赤色が差してあるのだ。

しかも、どの巾着袋にも同じく、目の細かな刺繍《ししゅう》が施されている。

「この刺繍、六文銭《ろくもんせん》と十文字槍《じゅうもんじやり》なんですね。真田幸村の印だわ」

菊香はにこにこしてうなずいた。

「貞次郎が十くらいの頃、これと同じような意匠《いしょう》の巾着袋を作ってあげたことがあったのです。あの子も真田幸村が好きでしたから。その巾着袋は、もうずいぶん汚れて色あせてしまっているのに、今でも使っているのですよ」

「だって、こんなにすてきなものを作ってもらったら、とても嬉しいはずだもの。ねえ、兄上さま」

　勇実は巾着袋を一つひとつ手に取り、感じ入った様子で、じっと見ていた。そして顔を上げると、きちんとした礼をした。

「あの子たちを気に掛けてくださり、本当にありがとうございます。何とお礼を言えばいいか。こちらの巾着袋、大切にするよう言い聞かせます」

　菊香は、せわしなく手をひらひらさせた。

「そんな大したものではありませんから。先日お招きいただいたときに、期待されたほどのことができなかったので。これで埋め合わせができたでしょうか」

「埋め合わせも何も、もらいすぎです。どうぞ手間賃を受け取ってください」

「いえ、そういうつもりはなくて。わたしが好きでやっていることですから、いいんです。お礼をしていただくほどのことは、ちっともできていません」

「謙遜《けんそん》が過ぎますよ。迷惑をかけっぱなしで、申し訳ない。いずれ必ずお礼をさせてください。筆子たちも、ご恩返しをしたいと言い出すはずです。そのときは、どうか筆子たちの気持ちを受け取ってください」

　勇実はまじめな顔をして、きちんと菊香の目を見て言った。

　千紘はこっそり胸を撫で下ろした。ようやく勇実が菊香と話せるようになったのだ。

五月の末に菊香が手習所に来てくれたときは、勇実はうろたえてばかりだった。筆子たちももちろん気がついて、勇実先生が変だぞと、ささやき交わしていた。千紘は、照れているだけでしょうとごまかしておいたが、その実、根はもっと深いのだった。

おえんが急に訪ねてきたときのことは、千紘も胸にしこりが残っている。あのときは頭に血が上り、身勝手な振る舞いをしてしまった。勇実もおえんも、きっと菊香も、千紘のわがままのせいでひどく傷ついたに違いない。

あの後、おえんがどこで何をしているのか、千紘は気になっている。もしかしたら輸学堂の店主の志兵衛が知っているのではないかと思い、尋ねに行ったこともある。

志兵衛は確かに、おえんのその後を知っているようだった。でも、千紘に教えてはくれなかった。

菊香は屋敷に上がろうとせず、すぐに日傘を差した。

「我が家はまだ虫干しの途中なのです。梅を干してもいますから、夜露《よつゆ》が降りる前に帰らなくては」

暑いさなかではあっても、菊香の姿は涼やかだった。うっすらとかいた汗のために、肌がみずみずしく輝いている。

千紘は門のところで菊香を見送った。

何か言い忘れている気がする、と千紘は小首をかしげた。すぐに思い出して、菊香の背中に声を掛ける。

「菊香さん、今度、一緒に花火を見ましょうね」

足を止めて振り向いた菊香は、少し日傘を掲《かか》げてうなずいた。

「楽しみにしていますね」

夏の強い日差しと、そのぶんくっきりと濃い影。見返りながら微笑んだ菊香は、柳のようにしなやかで美しかった。

二

朝顔は、今朝も鮮やかな色の花を咲かせた。それと同時に、初めの頃に咲いてしぼんだ花の後には、もうすっかり種ができている。

茶色く乾いた皮を破ると、中には半月のような形の黒い種がある。たいてい六つ入っているが、たまに数が違うものもある。

朝、勇実がのんびりと手習所に行くと、筆子たちはもう朝顔のまわりに取りついて、わいわいやっている。

「今日は鞠千代が種を採る番だぞ」

帳面を見ながら久助が音頭を取ると、鞠千代は張り切って、目をきらきらさせた。

抜群に物覚えのよい鞠千代だが、手先の動きは年相応だ。ふくふくと肉がついて子供っぽい指先は、たどたどしく朝顔の実をつまみ取った。

「種は、小さくて硬いのですね。この中に、次の年に育つ朝顔が詰まっているのでしょうか。芽を出すまでの一年近くの間、来年の朝顔はこの中で何をしているんでしょう？　いつ見ても不思議です」

鞠千代は種をつまんで、ためつすがめつした。

初めて種が採れた日、筆子たちに乞われて、勇実が種を割ってみた。朝顔の種には毒があるので、おまえたちは決して手を出してはならないぞ、と約束をした上でのことだ。

種の中身は、栗や胡桃《くるみ》の実に少し似ていた。生成《きな》り色《いろ》で、みっちりと何かが詰まっているのだ。

筆子たちが不思議がったのは、あの鮮やかな色のもとになりそうなものも、緑色をした葉や茎に似たものも、種の中には一つも入っていないことだった。

勇実は目があまりよくない。朝顔の種の中身は細かすぎて、よく見えなかった。

割った種にじいっと顔を近づけていた白太が、種の中身の様子を紙に大きく描き出した。三つ割ってみたが、中身はどれもほとんど同じだったようだ。

今までに採った種はすべて、一つ所に集めてある。先月は曽我兄弟のための花を生けていた、部屋の隅の天神机の上だ。勇実が出してきた皿に、採った種を入れている。

白太が、売り物に使うには古くなった絵の具を、手習所に持ってきてくれた。それで色をつけた種もある。

鞠千代は、自分で採った種を皿に移した。小さな皿はそろそろあふれてしまいそうだ。

皿がいっぱいになったら、きちんと数えて、皆で等しく分けようという約束だった。久助と良彦が目と目を見交わして、厳《おごそ》かに言い渡した。

「今日はちょうど鞠千代も来ているし、今日来られないやつには昨日のうちに許しを取っておいた。今日、種を分けよう」

おお、と筆子たちはどよめいた。

勇実は風呂敷に包んでいたものを広げてみせた。

「ちょうどよかったな。昨日、菊香さんが来てくれた。種を入れるための巾着袋を作ってきてくれたんだ」

筆子たちは一瞬しんとした。じっと勇実の手元を注視する。鮮やかな赤い色に、六文銭と十文字槍。巾着袋の特別な意匠に気づくと、筆子たちは両手を挙げて、大騒ぎで喜んだ。

「すげえや。さすが菊香先生だ」

久助が言うと、淳平が深くうなずいてみせた。

「何でもできる人なんだなあ。菊香先生なら、のんびりしてばっかりの勇実先生のこともちゃんと面倒を見てくれそうですよね」

筆子たちはにやにやして、勇実の顔をのぞき込んだ。

勇実は苦笑し、かゆくもない頰を掻いた。くすぐったい想いが満ちる胸に、ちくりと刺さるとげがある。

誰にも明かすことができなかった、おえんとの仲。秘めたままにしていたのは、皆には認めてもらえないだろうと、薄々わかっていたからだ。拒まれてなお、おえんへの想いをまっすぐに持ち続ける自信が、あの頃の勇実にはなかった。

龍治が縁側からひょいと顔をのぞかせた。

「何の騒ぎだ?」

勇実は巾着袋を一つ掲《かか》げてみせた。

「これだよ。菊香さんのお手製なんだ。手間がかかっただろうに、こんなに細かい刺繍までしてくれている」

龍治は勇実の手から巾着袋を受け取り、六文銭と十文字槍の刺繍に目を見張った。

「こりゃすげえ。俺もほしいくらいだ。勇実さんも皆も、ちゃんとお礼しなけりゃならねえぞ」

勇実はうなずき、筆子たちは大きな声で返事をした。

朝に龍治が顔を出したとき、珍しいことに、鞠千代が龍治を呼び止めた。

「あの、龍治先生は剣術のお師匠さまですから、刀にお詳しいでしょう?」

龍治は頰を掻いた。

「ちょいと好きなだけだ。勇実さんよりはいろいろ見ていると思うが。刀がどうした？」

手習所では、勇実も侍の子も刀を帯びていない。御守刀《おまもりがたな》のような小さな刃物も、持ってこないように取り決めてある。うっかり触れて怪我をしてしまうのを避けるためだ。

鞠千代は遠慮がちに切り出した。

「龍治先生に見ていただきたいものがあるのです。手習いが終わった後に、お話しできませんか？」

「いいぜ。ほかの筆子が帰った頃合いを見計らって、ここに来ればいいか？」

鞠千代は、勇実と龍治の顔を見てうなずいた。

「お願いします」

そういうわけだから、いちばん遅くまで残っていた鞠千代と、勇実と龍治、鞠千代を迎えに来た供侍と駕籠かきの小者《こもの》たち、興味津々で首を突っ込んできた千紘が、昼八つ過ぎの手習所に会《かい》した。

鞠千代付きの供侍は、横田儀助《よこたぎすけ》という。まだ二十の若さだが、物腰の落ち着いた男だ。横田家は乙黒家に代々仕えている家柄で、儀助の兄は鞠千代の兄の供侍を務めているという。

駕籠かきの小者も、乙黒家で雇った者たちだ。こちらは出替わりの奉公人で、この春から江戸にやって来たらしい。駕籠が入《い》り用《よう》の日だけ呼び出す、という形で雇っているそうだ。年頃は、二人とも勇実と同じくらいだろう。

左利きの三郎《さぶろう》は信州《しんしゅう》の出、口元にほくろのある小吉《しょうきち》は駿州《すんしゅう》の出だという。信州は真田幸村、駿州は曽我兄弟にゆかりが深い地であるからと、鞠千代は特別に目を掛けているそうだ。

儀助が布包みを鞠千代に渡した。鞠千代は慎重な手つきで、その紫色の布を払った。

中から出てきたのは、白鞘《しらさや》に入った短刀である。古いもののようで、白鞘の朴《ほお》の肌は深い色になっている。八つとしても小さな鞠千代が手にすると、短刀でさえずいぶん大きく見えた。

鞠千代は、勇実に白鞘のままの短刀を差し出した。

「お師匠さまと龍治先生が確かめてください。わたくしはまだ刀をさわってはならないと、両親に言いつけられていますから」

短刀を受け取りながら、勇実は鞠千代に確かめた。

「本当に私たちが扱ってもいいのか？　大切なものなら、少し気が引けるが」

「もしこれが本物であれば、我が乙黒家で最も値打ちの高い大切なものかもしれません。だからこそ、お師匠さまと龍治先生にお願いしたいのです」

龍治は勇実の手元をのぞき込んだ。

「本物かどうかがわからねえ刀ってわけか」

「はい。先日の虫干しの折に、古い長持の中から出てきたのです」

勇実は白鞘を裏返した。鞘書《さやがき》がある。勇実も龍治も同時に息を呑んだ。

「筑州左文字《ちくしゅうさもんじ》……！」

「すげえ。本物なら、確かに凄《すさ》まじいお宝だ」

勇実は龍治に白鞘を押しつけた。刀の扱いに関しては、龍治のほうがずっと手慣れている。

龍治は、手ぬぐいで顔と手指の汗をしっかり拭った。勇実は唾が飛ばないよう、袖で口元を押さえた。

刀を包んできた布を天神机の上に広げると、龍治は白鞘を抜いた。白々《しらじら》とした刃文《はもん》が、紫色の布の上に映《は》える。

「明るい刀だな」

龍治はまず、そうつぶやいた。

切っ先の形は、なまめかしいような丸みを帯びている。棟《むね》の線を見れば、わずかに反りがある。全体としてはすうっと伸びやかな姿をしているが、重ねはしっかりと厚い。

白く冴えた刃文は、ゆったりと優雅な湾《のた》れを描いている。深い群青色《ぐんじょういろ》の地鉄《じがね》との境は、ごく細かなきらめきが層を成し、霞《かすみ》がかって見える。

龍治がそろりと手首を返すと、短刀に当たる光の具合が変わった。沈んだ色に見えていた地鉄が一転して、無数の星のようなきらめきをちりばめているのがわかった。

「地沸《じにえ》がついているとは、こういうことか」

勇実が感嘆の声を漏らすと、龍治はうなずいた。

「地景《ちけい》もよく入っている。こんなに見事にきらきらしたのは、なかなかお目にかかれないぜ」

きょとんとしている千紘や鞠千代に、勇実は説いた。

「地沸も地景も、刀の肌にある模様を表す言葉だ。この模様は、刀が玉鋼《たまはがね》から作られる中で、おのずと生まれる。玉鋼を熱すると、赤らんで柔らかくなるんだが、そこを鎚《つち》で叩いて、玉鋼に混じる塵《ちり》や炭を弾《はじ》き飛《と》ばして除いていく。叩いて薄くなったものを折って重ねて、また熱する。赤らんだら叩く。それを繰り返す」

千紘はぽんと手を打った。

「長唄《ながうた》の『小鍛冶《こかじ》』で、聞いたことがあるわ。刀鍛冶の三条宗近《さんじょうむねちか》が稲荷明神《いなりみょうじん》の狐《きつね》を相方に、鎚を打って刀を作りますね」

勇実はうなずいた。

「その仕事のことを、相槌《あいづち》を打つというんだ。玉鋼を打ち、折って重ねることを繰り返した痕は、出来上がった刀の肌に残る。名工が打った刀は、きらきらした粒や筋や層が見えるものだ。それが極めて美しい。そうだろう、龍治さん」

龍治は短刀から顔を遠ざけ、ほう、と息をついた。

「ああ。見事な刀は、しなやかな形が目を惹くだけじゃない。肌が本当にきれいなんだ。白い刃文の中にも、黒っぽく見える地鉄の中にも、砂金《さきん》をまいたようなきらきらが閉じ込められている。この短刀がまさにそうだ。天の川みたいだよ」

龍治はよほど感じ入っているらしい。目が熱っぽく潤んでいる。

白鞘の柄《つか》を外すと、ほっそりとした生《う》ぶ茎《なかご》に、目釘穴《めくぎあな》が一つ開いている。輝かんばかりの上身《かみ》とは違い、茎は赤黒い錆《さび》に覆われていた。表には「左」、裏には「筑州住《じゆう》」の銘《めい》が切られている。

龍治は唸った。

「大左《おおさ》の銘に見える。大左ってのは、今から五百年近く前、九州の筑前《ちくぜん》にいた刀鍛冶で、短刀の名手だ。それまでの九州の刀は地味な作風だったといわれるんだが、大左から始まった左文字の刀は、見てのとおり、冴《さ》え冴《ざ》えとして明るい」

「本物だろうか」

「さあ、どうだろう。俺じゃあ、ちゃんとした目利きはできねえよ。でも、少なくとも、この短刀の出来は凄まじくいい」

「龍治さんの愛刀は、左文字に似た作風の短刀じゃなかったか？」

「ああ。水心子《すいしんし》正秀《まさひで》っていう刀鍛冶のところを通じて、たまたま手に入れたんだ。由来はわからねえし、ちょっと傷はあるが、確かに左文字に似てる。左文字の写しかもしれないし、ひょっとしたら、本物の左文字の影打ちかもしれない」

勇実は鞠千代に向けて付け加えた。

「影打ちの影というのは、影武者の影と同じ意味だ。刀鍛冶は注文を受けると、幾振《いくふり》もの刀を打つものらしい。その中で最も出来がよかったものに銘を切って、真打ちとして客に渡す。銘を切らなかったものを影打ちと呼ぶ」

鞠千代は目を輝かせた。

「わたくしの短刀は、左文字の真打ちかもしれないのですね。そして、銘が切られていない龍治先生の短刀は、左文字の影打ちかもしれなくて、もしかすると、この短刀の影武者のような生まれかもしれないのですね」

龍治は、左文字の銘が入った短刀を白鞘に納め、うなずいた。

「もしかしたら、そうかもしれねえな。今となっちゃ、その由来の本当のところを知っているのは、この短刀だけだが」

「刀に心があり、言葉を操ることができるのなら、謎が解けるのでしょうね」

鞠千代が語った絵空事《えそらごと》に、龍治は楽しそうにうなずいてみせた。

「刀にしゃべってもらいてえな。鞠千代、頼ってもらったのに悪いが、俺にわかるのは、この短刀が本当に出来がいいってことだけだ。銘が切られているとおり左文字の真作かどうかの見極めは、もっと目の肥えた目利きに尋ねたほうがいい」

「よい目利きは、どこに行けば出会えますか？」

「そうだなあ。さっきも名を挙げたが、俺は剣術仲間の伝手《つて》で水心子正秀の工房に何度か行ったことがある。水心子やその弟子だったら、刀にまつわる難しい問いにも答えてくれるはずだ」

「水心子正秀先生ですね。そちらの工房で、この短刀を見ていただくこともできるでしょうか？」

龍治は白鞘の短刀を布に包み、鞠千代に差し出した。

「よかったら、俺が一緒に行って、目利きを頼んでみようか」

鞠千代は刀を受け取り、大きくうなずいた。

「よろしくお願いします！　兄も行きたがると思います」

「じゃあ、そうしよう。水心子のところに渡りをつけたり、鞠千代の兄上の都合を聞いたりしなけりゃな」

駕籠かきの小者の三郎が、おずおずと口を挟んだ。

「あのぅ、この短刀って、そんなにたいそうな値がつくものなんですか？」

龍治が答えた。

「そりゃあ、左文字は大名道具だからなあ。小夜左文字《さよさもんじ》っていう、大左が打った刀がある。今は肥後《ひご》熊本藩《くまもとはん》を治めている細川家《ほそかわけ》がもともと持っていた短刀なんだが、確か千五百貫の値がついたことがあったんじゃなかったかな」

ええっ、と皆が大声を上げた。

千紘が声に出して確かめる。

「四貫で金一両と同じでしょう。千五百貫って……三百と七十五両？　この小さな一振《ひとふり》と同じくらいの寸法の短刀が？」

値について問うた三郎は、目をぎらぎらさせている。

「すごいもんでさあね。手前みてえな田舎育ちの貧乏人は、一両の小判でさえ、ろくに見たこともありやせん」

勇実は問うた。

「龍治さん、千五百貫とはいうものの、それはいつの頃の千五百貫だ？」

「細かいことは覚えてねえが、名物帳《めいぶつちょう》が作られた享保《きょうほう》の頃よりは前のはずだ」

「享保の頃で百年前だ。それよりさらに前ということか。昔は今よりも、ものの値が安かった。今、その小夜左文字に値をつけるとしたら、もっと高くなるのか」

「時を経たぶん、刀そのものが持つ意味も重くなってるしな。小夜左文字は、飢《き》饉《きん》が起こった年に民を助けるため、売りに出されたんだ。大勢を食わせてやれるくらいの大金と引き換えになるお宝だったというわけだ」

儀助は声を失っている。三郎と小吉は今にも目を回しそうだ。

鞠千代も、さすがにぽかんとしている。

「わたくしの家の蔵から出てきたのは、そんなにすごい刀の兄弟分かもしれないのですね。でも、それが一介《いっかい》の旗本の手元にあるだなんて、にわかには信じられません。由来があるのでしょうか。両親に家系図を確かめるよう、頼んでみます」

龍治は微笑んだ。

「鞠千代の先祖は、大名に褒美《ほうび》を下賜《かし》されるくらいの、すごい武将だったのかもしれねえな。何にせよ、こんなに素晴らしい刀を見せてもらえて、俺は嬉しいぞ。ありがとうな」

興奮に頬を染めた鞠千代は、年相応のあどけない笑顔になって、ぺこりと頭を下げた。

鞠千代が帰っていき、日が傾いて暑さの盛りを越えた頃に、千紘は井手口家に赴いた。百登枝にお願いしておいた仕事があるのだ。

勇実が請け負った蔵の古書の件で、真贋《しんがん》の目利きが必要なものがあった。勇実にできるのは文《ふみ》を読み解いて中身を知るところまでで、その字を書いたのが誰なのか、筆跡をたどるようなことはできない。

百登枝はそのあたりについてもいくらか素養《そよう》がある。勇実が困っていたのは、一幅《いっぷく》の掛け軸の真贋についてだ。千紘は掛け軸の主《ぬし》の許しを得、百登枝の体の具合がよい日を見計らって、目利きをお願いしたのだった。

もしもその掛け軸が本物であれば、世阿弥《ぜあみ》の真筆で『風姿花伝《ふうしかでん》』の一節が書かれていることになる。

果たして、千紘が訪れると、百登枝はころころと若い娘のように軽やかな声で笑った。

「残念ながら、こちらの掛け軸は偽物ですね。古めかしく見せる仕掛けはよくできていますが、それでも世阿弥を騙《かた》るには新しすぎます。字もなかなかお上手ですけれども、あと一歩ですね」

「やっぱりそうですよね」

「ですが、世阿弥の『風姿花伝』はよい本ですよ。芸事《げいごと》の稽古に向き合うときの心構えが書かれているのです。この機を得て久方ぶりに読み返しましたが、いろんなことを思い出しました。楽しかったこと、悔しかったこと、いろいろとね」

なるほどとうなずいたのは、千紘だけではない。

百登枝の筆子の一人、髪結《かみゆ》いの子のおユキが一緒にいる。

風が抜けるあずまやである。涼しげな青色のびいどろの風鈴《ふうりん》を吊るし、ちりちりと澄んだ音を聞きながら、百登枝とおユキは素足を盥《たらい》の水に浸《ひた》している。

二人が何をしていたのかといえば、剣術稽古の見物である。少し離れたところにある青い藤棚の下で、二人の若者が木刀を打ち交わしている。

若者の一人は、百登枝の孫の悠之丞である。稽古をつけてやっているのは、今日は与一郎ではなく、龍治だ。

おユキは龍治にご執心《しゅうしん》だ。百登枝に瓜《うり》の漬物を届けに来たところ、憧れの龍治が木刀を振るっているのが見えたので、そのまま居座っているらしい。

あずまやと藤棚の間にはあじさいの茂みと楓《かえで》の木があって、青く茂った葉によって、視界が半ばさえぎられている。

悠之丞が打ち込んで、龍治が受ける。高く澄んだ音で木刀が鳴る。悠之丞が、凛《りん》とした気迫の声を上げる。

龍治が下がり、悠之丞が踏み込んだ。それで、ちょうど茂みの陰から二人の姿がはっきりりと見えた。

二人とも肌脱ぎになっていた。しなやかな肌は汗でしとどに濡れている。千紘はとっさに目を背《そむ》けたが、おユキは食い入るように身を乗り出した。千紘は呆れてしまった。

「おユキさん、はしたないわよ」

「やぁだ。いちいち気にする千紘先生のほうがいやらしいでしょ。鳶《とび》や大工や飛《ひ》脚《きゃく》は、もっと大胆に脱いでるじゃないの」

「そういう仕事の人と侍は違うもの」

「龍治先生たちだって、夏場の剣術稽古のときには肌脱ぎになったりするわ。千紘先生ったら、矢島道場はすぐお隣なのに、そんなことも知らないの？」

「いくらお隣でも、わたしだって子供ではないのだから、そうそう遊びに行ってばかりはいられないんです」

そう、この時季には、千紘は矢島道場をどうも避けがちになる。

顔見知りでもない町人の男が肌を出しているのは、別にどうということもない。しかし、肌を見せているのが龍治となると、話が違ってくる。

日頃はいたずらっ子のような顔でけらけら笑っている龍治が、引き締まった体に汗を光らせ、真剣な顔をして木刀を振るう。そんな姿を目にしてしまえば、千紘は胸がざわつく。

おユキは頬を染め、夢見るような目をしている。

「すてきねえ。龍治先生って、着瘦《きや》せするたちなんだわ。胸板が厚いんだから。といっても、ごつごつしすぎてなくて、すんなりしてもいるのよね。おなかの真ん中に縦の筋が入ってるでしょ。あの感じがいいのよ」

おユキのかわいらしいおちょぼ口には、つやつやした紅が差してある。いつの間に化粧などするようになったのだろう。

千紘は落ち着かない心地だった。

ほどなくして、稽古が終わった。

龍治は稽古をつける間、一度もこちらに目をくれなかったが、千紘たちが見ていることに気づいていたようだ。屈託《くったく》なく笑って、千紘のほうに手を振った。悠之丞は龍治の視線を追って振り向き、びっくりした顔で固まった。

悠之丞を置き去りにして、龍治は身軽にこちらへやって来た。

「千紘さんも来てたんだな」

「ええ。ちょっと百登枝先生に用事があったの」

千紘は目をそらして言った。

おユキが食いつくような早口で龍治に話しかけた。龍治は愛想よく、おユキの話し相手になってやる。

藤棚の下から動かない悠之丞と、千紘は目が合った。何となく会釈《えしゃく》をすると、悠之丞は気恥ずかしそうに返してくれた。百登枝が悠之丞に手招きをするが、それには応じない。

おユキは唇を尖らせた。

「若さまってば、いつもあんなご様子なんですよね。おなごが怖いのかしら。あたしたちがあずまやで話をしていると、遠くから千紘先生のことを見つめるだけで、近寄っていらっしゃることはないんです」

千紘と龍治は、えっ、と同時に声を上げた。

「わたし？　どういうこと？」

龍治は、己の声を封じるかのように、掌《てのひら》で口元を覆ってしまった。

おユキはにんまり笑った。

「なぁんだ。千紘先生、なぁんにも気づいてなかったんだ。若さまも大変よねえ。どう思われます、百登枝先生？」

「そうねえ。皆、前途多難ですねえ」

百登枝はくすくすと楽しそうに笑った。

龍治は明後日《あさって》のほうに目を泳がせながら言った。

「今日の稽古はこれでしまいなんだ。千紘さん、もうちょっとだけ待っててくれ。荷物があれば俺が持つから、一緒に帰ろう」

龍治は千紘の返事を聞かず、悠之丞のほうへ駆けていった。案外背中が広いのだなと、千紘は思った。

おユキは、ふぅん、と歌うような声を上げた。

「ま、あたしは役者を贔屓《ひいき》にするような気持ちで、龍治先生の武者姿を見ているだけですけど？　千紘先生って、そのへんのこと、どうなの？」

「どうって、何よ」

おユキは内緒話の声音で言った。

「もう十八でしょ、千紘先生？　龍治先生は二十二よね。ぐずぐずしてたら、龍治先生を取られちまうわよ。あたしみたいな髪結いの娘じゃなくって、ちゃんとした武家のお嬢さまから龍治先生に縁談が来たら、千紘先生、どうするの？」

千紘は絶句した。

おユキは、あははと大きな声で笑った。龍治と悠之丞が、何事かと振り向いた。千紘は気まずくて目を伏せた。

三

思いがけない騒ぎが起きたのは、乙黒家の短刀を見てから五日後の朝だった。

この朝も鞠千代が駕籠に乗ってやって来るはずだった。いつも鞠千代は早めに到着して、ねぼすけの勇実が屋敷から出てくるまで、ほかの筆子たちと庭で駆け回っている。

ところが、この朝に限って、鞠千代はなかなか姿を見せなかった。ほかの皆が揃い、勇実がようやく動き出しても、鞠千代は訪れなかった。

しばらくして、息も絶え絶えで手習所に飛び込んできたのは、鞠千代の供侍である儀助と、駕籠かきの小者の三郎と小吉だった。

「お、お助けください……！」

儀助は振り絞るように告げた。

あまりに異様なありさまに、七人の筆子たちと将太はびくりと固まった。勇実でさえぎょっとして、手にしていた『千字文《せんじもん》』を取り落とした。

「何事です？　鞠千代に何かあったのですか？」

儀助は青ざめて勇実に取りすがった。

「お助けください！　鞠千代坊《ぼっ》ちゃまが……坊ちゃまが、連れ去られてしまいました！」

手習所は騒然とした。

儀助も三郎も小吉も、悪漢によって地に打ち倒されたようで、すっかり土に汚れている。朝方に雨が降ったせいで地面がぬかるんでおり、三人の着物には泥が付き、泥水が染みている。

三人とも怪我を負っていた。特に小吉がひどく殴られたようで、人相が変わるほどにまぶたや頬が腫《は》れている。一人で歩けず、三郎に支えられてここまで来たらしい。

儀助の右の側頭の、こめかみから鬢《びん》に隠れるところにかけて、打たれたとおぼしき傷がある。その傷から血が伝い流れている。

勇実は儀助に問うた。

「落ち着いて答えてください。どこで襲われたのです？」

「すぐこの近くです。麹町からまいりまして、両国橋《りょうごくばし》を渡って本所に至ると、坊ちゃまが、約束どおり回向院の北からぐるっと回っていきたいとおっしゃったんです」

「約束？」

三郎が左手でしきりに頭を掻き、腫らした口元をもごもごさせて言った。

「手前が悪いんです。手前が、江戸の名所である回向院も知らねえんですって申し上げちまったんで、鞠千代坊ちゃまが、次の手習いのときにちょっと外から見物しましょうって、約束してくだすったんです」

儀助が三郎の言葉の後を引き継いだ。

「私はそんな約束があったとは存じませんでしたので、聞き分けのいい坊ちゃまが珍しくちょっとしたわがままをおっしゃったのを不思議に思いながら、回向院のほうへ駕籠を向かわせました。まだ朝も早いため、あたりには見物客もおりませんでした」

「そこで襲われたのですか」

「はい。あっという間のことでした。五人ほどの男たちが物陰から出てきたと思うと、私は駕籠から離されて取り押さえられ、棒で殴られました。気が遠くなり、三郎によって揺り起こされたときには、もう……」

「鞠千代はかどわかされていた」

「はい。駕籠ごと消えてしまいました。そして、こんなものが落ちていたと、三郎が申すのです」

震える手で差し出されたのは、右下がりの乱雑な字で書かれた手紙だった。

勇実はざっと手紙に目を走らせた。

「左文字の短刀を寄越せ、だと?」

本日、日が暮れるまでに、短刀を持ってこい。受け渡しの役目は、小者の三郎にやらせろ。回向院の丑寅《うしとら》の角が目印だ。

およそ、そんなふうに書かれている。

紙を右手で押さえた痕があるのが気になった。右下がりの字もそうだ。この手紙は、左手で書かれたものではないか。

筆子たちはもう立ち上がっていた。

久助は、傷だらけの儀助に迫った。

「おじさん、おいらたちが鞠千代を助けに行ってやるよ!」

将太が右の拳《こぶし》を左の掌に打ちつけた。ばしん、と派手な音が立つ。牙を剝くような顔をすれば、駕籠かきの三郎がびくりと震え上がった。

儀助はすがるように勇実を見た。

「お助けください。本当は、私が命に代えても、坊ちゃまをお守りしなければならなかったのに……」

勇実は、三郎と小吉を見比べた。同じ駕籠かきの仕事に就いているはずなのに、怪我の程度がずいぶん違う。傷だらけの小吉は、もはや気を失いかけている。対する三郎は、冗談のように傷が少ない。

三郎は勇実と目が合うと、体を丸めてうつむいた。

勇実は筆子たちに言い渡した。

「策を立てる。少しだけ待て」

「おう！」

筆子たちは勢いよく返事をした。

おまえたちはじっとしていろなどと言っても、奮《ふる》い立《た》っている筆子たちがろくに聞くはずもない。儀助たちがここへ逃げ込んできた時点で、皆、すでに巻き込まれているのだ。

ならば勇実が采配《さいはい》を振って、一人ひとりに役目を与えるまでだ。勇実の筆子たちは、舐めてかかる大人など鮮やかに返り討ちにしてしまうほど、胆力があって聡《さと》い。

勇実は儀助に耳打ちした。

「左文字の短刀のことは、屋敷に仕《つか》える者たちは知っていますか?」

「いえ、知っている者は多くありません。蔵の掃除をして長持《ながもち》を見つけた古株の女中、乙黒家の用人《ようにん》と、私どもだけです。三郎と小吉にも口止めをしました」

「その中で左利きの者は、三郎さんだけですか?」

「ええ。ほかは皆、右手で筆を持ちますが。でも、まさか、そんな……」

儀助はふらついた。勇実は儀助の肩を抱きかかえるようにして支えると、御家人の子の淳平と才之介に告げた。

「淳平、才之介。二人で矢島道場に行って、今いる者を皆、連れてきてくれ。目明かしの山蔵《やまぞう》親分に急いで知らせてほしい、とも伝えてくれ」

道場の門下生でもある淳平と才之介は、はいと応えて飛び出していった。

いちばん近くにいた十蔵に、勇実は言った。

「矢島家の屋敷に行って、女の人たちを呼んできてほしい。珠代おばさんと、女中のお光《みつ》ばあちゃんとお吉ばあちゃんがいるはずだ。殴られて怪我をした人がいるから、手当てをしてくれと頼んでほしい」

「わかった」

十蔵は飛び出していく。

勇実は、立っていられなくなった儀助を床に横たえた。儀助は、打たれた右の側頭を押さえている。つらそうに顔をしかめているのを、丹次郎が心配げにのぞき込んだ。勇実は丹次郎に問うた。

「この人を見ていてくれるか？　この人は鞠千代のお付きの侍で、鞠千代にとって大事な兄《にい》やなんだ」

「わかりました。鞠千代が帰ってくるまで、おいらが見てます」

勇実は白太の両肩に手を置き、目を見て言い聞かせた。

「ここにいる三人の大人たちの顔を、よく覚えておいてくれ。怪我をしたところも全部、しっかり見るんだ。後で目明かしの親分が尋ねに来たら、紙に描いて細かく伝えてやってほしい。できるな？」

白太は大きく目を見開くと、うなずいた。

勇実は将太に告げた。

「ここに残って、何があっても筆子たちを守ってくれ」

「何があっても？」

勇実は将太に耳打ちした。

「怪我の浅い男、三郎というんだが、妙なことをするかもしれない。やけを起こされたら、大変なことになる。気をつけておくんだ」

将太は顔を険《けわ》しくしてうなずいた。

勇実は外に出た。すばしっこい久助と、子供の割に力の強い良彦が、離れずついてくる。来るなと言っても、この二人には無駄だろう。

道場の門下生たちが、淳平と才之介と共に駆けてくる。

「呼んできました！」

勇実は両腕でそれぞれ淳平と才之介の肩を抱き、二人に告げた。

「鞠千代の駕籠かきのうち、怪我が浅いほうをよく見張っていてくれ。怪しいんだ。もう一人は確信が持てないが、いずれにせよ怪我がひどいから動けないだろう。どうか気を許さずにいてほしい。将太とも力を合わせてくれ」

淳平と才之介は、びくりと体を緊張させた。が、すぐに二人の目に力が宿った。

「海野《うんの》家の名に懸けて、皆を守ります。悪いやつには負けません」

「鞠千代さんも、きっと大丈夫です。この手習所の仲間は皆、強いんです」

才之介は首に下げた紐を引っ張った。菊香が作ってくれたお揃いの巾着袋だ。

お守りのように身につけているらしい。

久助と良彦も、己の胸を叩いた。

「おいらはここに縫いつけてる」

「うん、おいらも」

龍治が木刀を二本持ってきた。片方を勇実に差し出す。

「荒事《あらごと》が出来《しゅったい》したって？」

「回向院の北のあたりで、駕籠に乗った鞠千代がかどわかされたらしい」

駆け出しながら、龍治は問うた。

「金目当てのかどわかしか？」

「左文字の短刀を寄越せという手紙が残されていた」

龍治は舌打ちした。

「回向院の北側か。すぐ近所ではあるが、ちょっと危《あや》ういよな。あのへんの長屋の中には、賭場《とば》になってるような、まともじゃないのも紛《まぎ》れてる」

「ああ。大物が相手じゃないことを祈る」

勇実と龍治の足に、久助と良彦はしっかりついてきている。まだ十とはいえ、もとより体がよく動く上、日頃から駆け回って遊んでいるのだ。走ることにかけては疲れ知らずで、そんじょそこらの大人など目ではない。

龍治は思案げな顔を勇実に向けた。

「何者の企《くわだ》てだろうな？　手掛かりは何かあるのか？」

勇実は答えた。

「目星《めぼし》はついている。この間、儀助さんたちを手習所に入れて、短刀の検分をしただろう。あれがよくなかったらしい。左文字の短刀に高値がつくことを聞いて、魔が差した者がいたようだ」

「あの話を聞いていた者の中に、ということか？」

「少なくとも一人はな」

「だから将太を置いてきたのか。手習所に残してきた皆を守れるように」

「ああ。刀を振り回せない狭いところでは、将太の馬鹿力は頼もしい」

勇実は、暗澹《あんたん》とした気持ちだった。鞠千代の身が心配でならない。どうか無事でいてくれと、ただ祈るばかりだ。

鞠千代が連れ去られたところはすぐにわかった。回向院の北から少し西へ行ったあたりで、久助が指差して叫んだのだ。

「何か落ちてる！」

ぶちまけられた弁当である。蟻《あり》や野良犬が寄ってきていたが、勇実たちが近寄ると、野良犬はぱっと遠ざかった。

握り飯を踏み潰した足跡は、東に向かっている。幸いなことにまだ地面が濡れており、用心して見れば足跡が追える。

龍治は体を低くして、土の様子を調べた。ただ行き交っただけではない、入り乱れた足跡である。指差しながらたどってみて、龍治は勇実に確かめた。

「賊は何人だって？」

「五人ほど、と言っていた」

「草鞋《わらじ》の跡が五、六人ぶん、東に向かってるみたいだ。こいつを追ってみよう。ちょっと捜しても賊が見つからなけりゃ、望月湯に行って佐助を借りてこよう。あいつの鼻なら追えるはずだからな」

目がよく勘がいい龍治に、勇実はうなずいた。足跡の向から先へと歩みを進める。

通りの左右には、大きな武家屋敷が連なっている。足軽《あしがる》や小者を住まわせる長屋を道沿いに備えた屋敷ばかりだ。その長屋にごろつきが入り、屋敷の主《あるじ》と組んで賭場《とば》を設けていたりもする。そういう賭場は、町方《まちかた》を取り締まる町奉行所《まちぶぎょうしょ》では手が出せない。

良彦が鋭い声を上げた。

「待って！」

勇実たちは足を止めた。

良彦はしゃがんで、足元にあったものを拾った。子供の爪の先よりも小さなものだ。久助が目ざとく正体に気づいて、明るい声を上げた。

「やったぞ。鞠千代が落とした目印だ！」

良彦が掌に載せたそれは、赤く色が塗られた朝顔の種だった。

四

鞠千代は辛抱強く待っていた。

さらわれてから、どれくらいの時が経っただろうか。

まだほんの少ししか経っていないと思う。きっと、お昼にもなっていない。

朝、鞠千代は駕籠に乗って、手習所のある本所にやって来た。今日は手習所に行く前に少しだけ寄り道をすることを、駕籠かきの三郎と約束していた。

信州生まれの三郎は、真田幸村にゆかりがある上田《うえだ》という町のことを知っていた。三郎の故郷の村は、そこからさほど遠くないところにあるそうだ。

江戸に出てきたばかりの三郎は、江戸の名所をあまり見ていないという。三郎は、鞠千代が駕籠に乗るときのほかは、違う屋敷の駕籠かきもやっている。そうやって働いてばかりで、物見遊山《ものみゆさん》をする暇はないらしい。

せっかく顔見知りになれたのだから、鞠千代はもっと三郎と話をしたかった。とりわけ、信州のことを聞いてみたかったのだ。そのためには、鞠千代が三郎のお願いを聞いてあげることも必要だと思った。

鞠千代は儀助に頼んで、回向院のまわりを北からぐるっと巡る道へと、駕籠を進めさせた。

回向院を囲む青々とした木々を眺めていたら、いきなりだった。

鞠千代は駕籠ごと引っくり返された。何が起こったのか、すぐにはわからなかった。背中を打ちつけた鞠千代は、息ができなくて呻《うめ》いていた。

そうしているうちに、猿轡《さるぐつわ》を嚙まされ、目隠しをされた。

「じっとしてろ。動いたら腕を切り落とすぞ」

押し殺した男の声でささやかれ、米俵のように肩に担《かつ》ぎ上《あ》げられた。動くなと脅《おど》されなくても、こんな格好にされたら、小さくて力の弱い鞠千代では何もできない。

儀助の悲鳴が聞こえた。殴ったり蹴ったりしているらしい鈍い音も聞こえた。

日頃は静かな小吉が、泣き叫ぶような大声で鞠千代の名を呼んだ。

「鞠千代坊ちゃま！　ぼ、坊ちゃまを返せ！」

「うるせえ！　黙りやがれ！」

悪いやつの怒鳴《どな》り声《ごえ》が聞こえて、儀助や小吉の声がくぐもった。口を押さえつけられたのかもしれない。殴る音は聞こえ続けている。

「もういいだろう。ずらかるぞ」

悪いやつの一人がそう言った。殴る音が止まり、鞠千代は運ばれていく。

鞠千代は、心が縮み上がっていた。体じゅうが震えていた。

だが、そのとき急に、はっと思い出したのだ。手の中にお守りを握り締めている。仲間とお揃いのお守りは、真田幸村の印が刺繡された、赤備えの小さな巾着袋だ。お守りの中には、仲間と分け合った朝顔の種が入っている。

お守りのことを思い出した途端、鞠千代の心に、ふつふつと勇気が湧いてきた。

鞠千代はこっそり巾着袋の口を開けた。指先に触れた朝顔の種を一粒、そこに落とした。

きっと、仲間の誰かが気づいてくれる。

悪いやつの肩の上に担がれて揺さぶられ、腹が苦しかった。でも、鞠千代は苦しいのも怖いのも我慢して、三十歩を数えるごとに一粒ずつ、朝顔の種を落としていった。

種がなくなるより前に、どこかにたどり着いた。

鞠千代は床の上に下ろされた。怖がって体を縮めるふりをして、急いでお守りを懐《ふところ》に隠した。

「坊ちゃん、騒がねえでくだせえよ。いい子にしてりゃあ、痛いことはしやせんから」

にたにた笑っているような声が耳元で聞こえた。鞠千代は、こっくりとうなずいた。たちまちのうちに両手と両足を縛られた。

お守りをさっさと隠しておいてよかった。余計なことをしたと知られたら、何をされるかわからない。

儀助はどうなっただろうか。駕籠を担いでいた三郎や小吉は無事だろうか。

ここはどこなんだろうか。

怖い気持ちは大きかった。でも、泣き出すのをこらえることができた。

なぜなら、鞠千代は信じているからだ。

お師匠さまと仲間たちがきっと助けに来てくれる。仲間たちとお揃いのお守りと種が、きっと皆をここまで導いてくれる。

だから、鞠千代は辛抱強《しんぼうづよ》く待っていた。


初めの朝顔の種のところから数えて三十歩ほど東に、二つ目の種があった。三つ目も東、四つ目は北に向かったところに落ちていた。

勇実たちは急ぎ足になった。

六つ目の種を見つけてすぐ、おかしなものが目に留まった。きちんとした造りの駕籠が無造作に道端に置かれているのだ。駕籠はあちこち土で汚れている。

「鞠千代が乗っていたものだろうな」

勇実はつぶやいた。

七つ目、八つ目の種が北に向かっているのを、久助と良彦が見つけた。

次の種を探す必要はなかった。ある長屋の前で、龍治が足を止めた。当たりを引いたようだ。

「変な感じがする」

もとは旗本屋敷の足軽長屋だったのであろう、一棟《ひとむね》の長屋である。屋敷地は広いが、件《くだん》の長屋には、どことなく煤《すす》けたような、薄汚れたような気配がある。

道に面した格子《こうし》から、ぼそぼそと相談する声が漏れ聞こえてくる。

大金が手に入るぞとささやいては、笑いが上がる。すぐに、静かにしろと叱責《しっせき》が飛ぶ。かと思うと、忍び笑いの気配がして、にやにやしているらしい様子が伝わってくる。

うまくいくんだろうか、と急に不安げな声がする。いや、てめえがうまくいくって言ったんだろうが、と怒鳴る声がする。

酒とたばこの匂いが漂ってくる。

久助が勇実の袖を引っ張った。

「勇実先生、肩車してよ。おいらがのぞいてみるからさ」

格子は勇実の目よりも高いところにあるが、なるほど、肩車をすればのぞけるだろう。

身の軽い久助は、勇実が背を屈《かが》めただけで、ひょいと肩の上によじ登った。勇実は久助を肩車して、そろそろと長屋に近づいた。

久助は中をのぞくや、はっと顔を強張《こわば》らせた。勇実と龍治を見下ろし、ここだ、と指をさす。久助は勇実の肩から降りて、鋭くささやいた。

「鞠千代が転がされてる。縛られてるみたいだった。男が五人いたよ。早く鞠千代を助けなきゃ」

幸いなことに、勝手口は表に面している。

龍治は勝手口の木戸をそっと押した。閂《かんぬき》がかかっているが、薄い木戸は腐りかけているようだ。これならたやすく蹴破れるだろう。

勇実と龍治は目を見交わした。

良彦が、待って、と手振りで示した。何かを言いたそうなので、勇実が耳を近づける。良彦はささやいた。

「おいらが窓のほうにあいつらを引きつける。その隙に木戸をぶち破ってよ。おいらに任せといて」

良彦と久助は格子窓のすぐ下にぴたりと身を寄せた。そっと咳払いをした良彦は、まだ細く高い声をいっそう細くして、若い娘のような、鼻にかかった声を出した。

「ちょいと、お兄さんがた。今日もいいものを持ってきたげたわよ。買ってくれるんでしょう？　お兄さんがたに助けてもらえないと、あたい、困っちまうんだってば。ねえねえ、こっちよ。道のほう。顔を見せてったらぁ」

長屋の中の声がぴたりとやんだ。ごそごそと気配がして、格子窓から人相の悪い男の顔が二つのぞく。

その途端、久助と良彦は、両手につかんでいた土を男たちに向けて投げつけた。

「そぉら、目潰しだ！」

「あたいからの贈り物だよ！」

目潰しの土をまともに食らった男二人が呻《うめ》く。

勇実と龍治は呼吸を合わせ、木戸を蹴破った。素早い龍治が先に中へ飛び込む。勇実が続く。

まごついて立ち尽くす男たちは、侍ではないようだった。

勇実も龍治も、こたびばかりは手加減しなかった。木刀で殴る。五人の男たちは、何の抵抗もできないまま昏倒《こんとう》した。

久助と良彦が飛び込んできて、鞠千代の猿轡と目隠しを外した。

「よかった、鞠千代！」

「痛いことされてねえか？」

ほっとしたせいだろう。久助も良彦も、今にも泣き出しそうになっている。年上の筆子たちからぎゅうぎゅうと抱き締められて、鞠千代は照れたように、ふにゃりと笑った。

「来てくれると思っていました。よかった。ありがとうございます」

勇実はへたり込みながら、筆子を三人まとめて抱き締めた。何か言ってやりたかったが、長々と息をついただけで、声がうまく出てこなかった。

龍治は手際よく男たちを縛り上げながら、勇実の代わりに言った。

「寿命が縮むかと思ったぜ。でも、無事でよかった。久助と良彦も、勇敢だったな。怪我をせずに済んで、本当によかった」

久助と良彦が洟《はな》をすすり上げた。日頃は強気な二人が目を潤ませているせいで、勇実もつられてしまい、鼻の奥がつんとした。勇実は慌てて、まばたきを繰り返した。

出替わりの奉公人の中には、田舎から出てくる者もいる。在所《ざいしょ》が同じ者は、江戸に出てきてからも、何となくつながりを保っているものだ。

出稼ぎのために江戸に来たはいいものの、仕送りをするはずの金を賭場ですってしまい、家に帰るに帰れなくなる者もいる。

乙黒家に駕籠かきとして雇われた三郎が、まさにそれだった。

つつけばたやすくぼろが出るかどわかしを三郎が企てたのも、借金で首が回らなくなっていたからだ。三郎は、賭場で知り合った仲間たちに声を掛け、凶行に及んだのだった。

三郎の目論見《もくろみ》としては、うまいこと手習所を抜け出して、そのまま行方《ゆくえ》をくらますつもりだった。

しかし、勇実たちは捕物《とりもの》に手慣れていた。勇実の采配はもちろんのこと、筆子たちの胆力も鞠千代の機転も、三郎の思惑《おもわく》を超えていた。

勇実たちが鞠千代を取り返して手習所に戻ると、三郎は将太の手によって捕縛《ほばく》されていた。三郎は手習所から逃げ出そうと試みたようだが、将太や筆子たちが見過ごすはずもなかったのだ。

知らせを受けた目明かしの山蔵を通じて、定町廻《じょうまちまわ》り同心《どうしん》の岡本達之進《おかもとたつのしん》にまで話が行った。かどわかしを企てた連中は、あっという間にお縄についた。

昼過ぎに鞠千代の母の郁代《いくよ》が麹町から飛んできた頃には、一連の調べは済んでいた。鞠千代はすり傷ができていたが、大したことはなく、珠代がこしらえた握り飯三つをぺろりと平らげた。

儀助と小吉は、手習所に布団を敷いて寝かせることになった。頭を打っているときは、あまり動かしてはならないのだ。熱を出した二人は、そのまま一晩、手習所に泊まった。鞠千代も留《とど》まりたがったが、さすがにこれは認められなかった。

手習いどころではない一日になったのに、筆子たちは皆、元気だった。勇実だけが、ぐったりと疲れていた。

一夜明けた。

まだ何かと取っ散らかっているので、手習所を開けるのは昼からにする、と筆子たちには伝えてある。来ても来なくてもよいとも言っておいたが、昨日の捕物に立ち会った筆子は皆、きっと来るだろう。

朝一番に姿を見せたのは、淳平と才之介だった。御家人の子である二人は、矢島道場での稽古を口実に、勇実を呼びに来たのだ。

「勇実先生、稽古の前に、手習所に行ってもいいですか？」

「鞠千代さんのお供のかたたち、元気になったでしょうか」

こんなときでも早起きの苦手な勇実は、呻きながら身支度を整え、淳平と才之介に引っ張られて手習所に向かった。

儀助も小吉も、すっかり熱が下がっていた。小吉は顔の腫れも引いてきて、口元のほくろがちゃんと見分けられるようになっている。

昨日、勇実は三郎が怪しいと睨《にら》んだときに、同じ駕籠かきの仕事をしている小吉のほうも一応疑った。

結局のところ、小吉は三郎の目論見を何も知らなかった。鞠千代を守ろうとして駕籠にしがみつき、それがあまりにも必死だったので、儀助以上にひどく殴られたという。

三郎は、小吉は気が小さい男だから、ちょっと殴れば逃げ出すと思っていた、などと目明かしの山蔵にしゃべったそうだ。

気が小さいどころか、小吉は根性が据わっていた。鞠千代も母の郁代も感謝して、出替わりではなく終生《しゅうせい》の奉公人として、小吉を雇い入れることに決めた。

小吉は天涯孤独の身で、帰るところもないらしい。乙黒家にずっと仕えられることを、たいそう喜んでいた。

勇実たちが儀助と小吉を見舞ってすぐ、門の表に駕籠が着いた。鞠千代がやって来たのだ。

鞠千代の手を引いて駕籠から降ろしたのは、十六ほどの年頃の若君だ。身なりからして、鞠千代の兄だとすぐにわかった。

「お師匠さま、儀助と小吉の様子はいかがでしょうか？」

「今朝は熱が下がって、もう頭痛もないそうだ。こぶはできているが、大事には至っていない。鞠千代、そちらは？」

「兄の宗之進《そうのしん》です。兄は、足腰の鍛錬だと言って、駕籠にも乗らずに麴町から走ってきたんですよ。すごいでしょう」

乙黒宗之進は、鞠千代にとって腹違いの兄だ。しかし、目鼻立ちは鞠千代とよく似ていた。二人とも父親似なのだろう。

宗之進は折り目正しいお辞儀をした。

「弟をお救いくださり、ありがとうございました」

「いいえ、本所くんだりまで来てもらっているせいで、あんな目に遭わせてしまい、かえって申し訳ありませんでした」

「何をおっしゃいますか。本所でのかどわかしだったから、お師匠さまと筆子の皆さん、道場の皆さんのお力を借りて、あっという間にことが解決したのです。何とお礼を申し上げてよいか、わかりません」

はきはきとした話しぶりが気持ちのいい若者である。

声を聞きつけたようで、まだ乱れた格好の儀助が手習所から飛んできた。

鞠千代は嬉しそうに儀助に飛びついた。宗之進も、人目がなければ同じようにしたのかもしれない。儀助に向けるまなざしは、明るく弾んでいる。

龍治が道場から顔を出した。

「おお、鞠千代。よく来たな。ここまで来る間、怖くなかったか？」

鞠千代は頬を膨らませた。

「あのくらい、何ともありません。昨日と同じ道を通ってきましたが、わたくしは平気でした」

「そうか。肝が据わっているな」

「もちろんですとも。だって、私は白瀧勇実先生の手習所の筆子なのですよ。皆がついていてくれるから、何があったって怖くありません」

白瀧家の屋敷の庭を突っ切ってくる声が聞こえる。久助と良彦だ。白瀧家と矢島家の間にある壊れた木戸をくぐって、久助と良彦が姿を現した。

「あーっ、鞠千代がいる！」

「二日続けて会えるなんて、珍しいよな！」

ぴょんぴょん飛び跳ねる二人は、鞠千代の手を取ると、朝顔の鉢のほうへ連れていった。宗之進がその後をついていく。

朝顔は今日もまた、鮮やかな色の花を青空に向かって咲かせている。

久助が、丸く膨らんだ実を指差した。

「鞠千代は昨日、種をたくさん使っちまっただろう。そのぶんは、今日の種を持ってっていいぜ。ほかのみんなにも許しをもらってある」

昨日、鞠千代が悪漢にさらわれながらも三十歩ごとに落とした目印の種は、すべてを拾えたわけではなかった。等しい数ずつ分けていたのが減ってしまったのを、久助や良彦が気にしたのだ。

鞠千代は嬉しそうにうなずいた。

「あの種は皆とお揃いなのに、なくしてしまったから、少し残念に思っていたのです。なくしたぶんをもらえるなら、ほっとします」

宗之進が少し不思議そうな顔をして、朝顔を見下ろしている。

「鞠千代から話を聞いてはいたが、朝顔の種というのは、どれのことなのだ？」

「兄上さま、種を採ってみますか？」

鞠千代に問われて、宗之進はびっくりした顔になった。それからにっこり微笑んだ。

「おまえ、この手習所では、こんなに楽しそうな顔をするのだな。いい顔をしているぞ。よし、私にも朝顔のことを教えてくれ。種を採るには、どうすればいい？」

鞠千代は兄の手を取ると、茶色になった朝顔の実をつまませた。

「この中に種が入っているのですよ。種をばらまいてしまわないように、気をつけてください」

「わかった」

勇実は、鞠千代の元気そうな姿に胸を撫で下ろした。

龍治が勇実の隣に来て、勇実の脇腹を肘《ひじ》でつついた。

「鞠千代は大した器《うつわ》だよな。怯《おび》えて寝込んでもおかしくない出来事だったのに、けろりとしている」

「目を掛けてやった小者に裏切られて、内心では傷ついているかもしれないが」

「大丈夫だろう。裏切った野郎は裁《さば》きを受ける。鞠千代を本当に守ってくれる者たちだけが、鞠千代のそばに残った。鞠千代は、乗り越えていけるさ」

龍治は勇実の背中を、ばしんと叩いた。さほど痛くはなかったが、音は派手だった。

一体何事かと、鞠千代たちがこちらを振り向いた。何でもない、と勇実は手を振ってみせた。

表のほうから、幾人かの筆子たちの声が聞こえてくる。鞠千代は、特に仲良くしている丹次郎の声を聞き分けて、兄にそのことを伝えている。

「やれやれ、今日もにぎやかになりそうだ」

勇実はつぶやいた。我知らず、顔がほころんでいた。

第四話　菊香の縁談

一

心の底から怒ると、かえって青ざめるものらしい。

貞次郎は、怒りのあまり顔色を失っていた。

「何があったの、貞次郎さん」

開口一番、千紘は尋ねた。わけを聞かずにはいられなかった。

貞次郎は低い声で告げた。

「大事な話があるんです。龍治先生や勇実先生にも聞いていただきたい。力になっていただきたいんです」

千紘は気圧《けお》された。

青ざめて押し黙っていれば、まつげが長く顎がほっそりとした貞次郎の顔立ちは、いかにも細《ほそ》やかで美しい。人より早めの元服を済ませているにもかかわらず、若い娘のようにさえ見えてしまう。

日頃の貞次郎は、明るく快活だ。ものをはっきりと口にするたちで、いくぶん背が低いのをからかわれると、すかさず眉を吊り上げて怒る。だが、一度怒っても根には持たず、喧嘩をした相手とも仲直りができる。

貞次郎のそんな人柄を、千紘もよく知っている。青ざめるほどに怒り、憤《いきどお》って黙りこくる姿など初めてだ。

まだ朝五つ（午前八時頃）を過ぎたばかりだった。千紘が朝餉《あさげ》の片づけを終え、掃除に取りかかったところで、貞次郎が白瀧家の屋敷を訪ねてきたのだ。

この刻限、勇実は手習所を離れられない。千紘はひとまず、道場で木刀を振っていた龍治だけを呼んできた。

そして、白瀧家の座敷で貞次郎と向き合ったのだが、何とも言えず張り詰めた気配だ。千紘は戸惑って、龍治のほうを見やった。

龍治は、稽古着の袖で額の汗を拭った。

「千紘さん、まずは水をもらえねえか？　貞次郎も八丁堀から走ってきて、汗びっしょりだ。とにかく、ちょいと落ち着こう」

暦《こよみ》の上ではすでに秋だが、七月に入ってもまだまだ暑い。

白瀧家の軒下では、ささやかな七夕飾りが、あるかなきかの風にそっと揺れている。

明日は七夕だ。千紘は、百登枝のところに筆子の皆で集まって、お祝いをする約束になっている。

今日の昼からは、千紘も勇実の手習所に行って、硯洗《すずりあら》いの手伝いをするつもりだった。七夕には手習いや芸事の上達を願うので、その前の日には、いつも使っている手習いの道具に感謝を込めて、丁寧に手入れをする。それが硯洗いだ。

貞次郎は水を飲み、黙って気息《きそく》を整えた後、ようやく口を開いた。

「お二人に話を聞いていただきたく存じます。力を貸してください。どうしても許せないんです」

「貞次郎の顔を見りゃあ、怒ってるのはよくわかる。何をそんなに怒っているんだ？」

龍治に促され、貞次郎は答えた。

「それは、姉上に縁談が来たせいです」

千紘は眉をひそめた。

「素直におめでとうと言える縁談ではないようですね」

貞次郎は膝の上で拳を固めた。

「ええ。あんな男、姉上にふさわしいはずがありません」

「お相手がおかしな人なの？」

「五十過ぎの助平野郎《すけべい》です」

貞次郎は、語気鋭く吐き捨てた。

この年頃の男の子にありがちだが、貞次郎も性根が潔白《けっぱく》で、嫌いなものは嫌いだときっぱりはねつける。

とはいえ、ここまで毛嫌いするのはよほどのことだ。

千紘は龍治に視線を送った。龍治も顔をしかめている。

「その助平野郎、五十過ぎってことは、貞次郎の親父さんよりも年上だろう？」

「年上です。父はまだ四十六ですし、体を鍛えるのが日々の楽しみですから、腹回りだって引き締まっています。酒が弱いのをわかっていて、飲めば翌日の鍛錬に障るからと節度を守ります。血の気はちょっと多いけれど、尊敬できる人です」

「相手の男はそうじゃないのか」

貞次郎は拳で己の膝を打った。

「だらしなく太って、動けばすぐに息を切らすし、酒を飲めばいっそう節度を失って下品な冗談ばかり。一人でげらげら笑っていますが、ちっともおもしろくないんですよ。あんな年の重ね方は絶対にしたくありません。そんなやつです」

千紘は額に手を当てた。

「何となく、お相手がどういう人柄かはわかってきたわ。でも、なぜそんな人との縁談が菊香さんのところに来たのです？」

貞次郎は肩で息をすると、押し殺してかすれた声で言った。

「相手の男は反藤造酒之助《はんどうみきのすけ》といって、書院番士《しょいんばんし》です。先妻《せんさい》の喪《も》が明けたので若い後妻《ごさい》がほしいと、あちこちで触れ回っていたようです。その反藤が先日、我が家を訪ねてきて、縁談を申し出ました」

貞次郎は、ことのあらましを淡々と語った。

反藤という男は、一緒に酒を飲めば愉快なにぎやかし役、と言われているらしい。美酒や美食に詳しく、贅沢な料理茶屋をいくらでも知っている。付き合いの幅が広く、上役の中には、反藤を極端に贔屓にしている者もいるようだ。

菊香と貞次郎の父である亀岡甲蔵は、小十人組士《こじゅうにんぐみし》である。小十人組も書院番も番方《ばんかた》といって、お城の守りを固めるのが役目だ。とはいえ、持ち場は異なるし、屋敷地も離れている。甲蔵と反藤との間に面識はなかった。

甲蔵は、上役や同輩《どうはい》を通じて、反藤の後添《のちぞ》え探しの話を聞いていた。嫁入り前の娘を持つ父として、甲蔵はその話に嫌な感じを持っていたそうだ。

「父の感じ方のほうがまともだと思います。娘をあんなやつに嫁がせようなんて望む親はいないでしょう」

反藤には、亡くした先妻との間にできた嫡男《ちゃくなん》がおり、娘も二人いる。子らは菊香より年上で、嫡男には妻子があるし、娘二人はすでに嫁いでいる。反藤は、先妻亡き後の寂しさを妾通《めかけがよ》いで癒《い》やしつつ、やはり正式な後添えもほしいのだという。

誰が仲立ちしたものか、先月の半ば頃に反藤が突然、亀岡家にやって来た。そして、菊香との縁談を切り出したのだ。

甲蔵はむろん縁談を断り、反藤を菊香に会わせることもしなかった。

しかし、反藤はしつこかった。連日、亀岡家に通ってきて、ぜひ縁談をと懇願した。いつの間にか勝手に菊香の姿を見ていたらしく、あの美しさに心を奪われたのだと訴え続けた。

恥も外聞もあったものではない。反藤が亀岡家の令嬢にご執心《しゅうしん》であると、八丁堀界隈《かいわい》で噂が広まった。

反藤は、うわべの愛想だけはとてもよい。裕福でもある。顔が広く、一部の上役からは覚えがよいので、嫡男はいずれ出世するだろうとささやかれている。

利を取るならば縁談を受けよ、と甲蔵に助言する者も、いないわけではなかった。だんだんと外堀を埋められていくような格好だ。

反藤がしょっちゅう甲蔵のまわりをうろついているので、貞次郎も反藤と会っている。

「本当に気色悪いやつです」

貞次郎は、ことさら顔をしかめて言った。

千紘は貞次郎の語気の荒さに困惑した。

「そんなに嫌な人なのですか」

「馴れ馴れしいんです。私のことを、いきなり弟扱いですよ。肩を抱きかかえて、男にしておくのはもったいないくらいの美人だ、さすがあの菊香どのの弟《おとうと》御《ご》だなあ、などと言うんです」

龍治は嘆息《たんそく》した。

「貞次郎の嫌な気持ち、わかるぜ。俺も餓鬼《がき》の頃からよく、美人だ何だって言われてきたからな。あんな気色悪い言い草で、あいつらは誉めてるつもりなんだ。この自分が好色な目を向けるくらいおまえは美しいんだぞ、値打ちがあるんだぞって、それがああいう手合いの言い分なんだよ」

「そうなんです。男の私に美人という言い方をすることにも腹が立つ上に、からかうだけの意図じゃないのがわかるから、なおさら気色悪いんです」

「下心が透けて見えるんだよな」

「ええ。それでも、私という男に対して下心を向けるだけなら、まだ耐えられる。手を出してきたら返り討ちにできますから。でも、私を通して姉上を思い描いて、姉上への下心を隠しもしないなんて、それが本当に許せないんです」

「いるんだよなあ、そういうやつ。俺は餓鬼の頃、母上はさぞかし美人だろうって言われたときは、我慢できなくて相手のおっさんを人前でぶん殴った。舐めるような目で俺を見て、べたべたさわりやがって」

「湯屋でもそういうことを言われませんか？」

「前はたまにあった。近頃は、俺の腕っぷしを知らねえやつはこのへんにはいないから、そういうことはなくなったけどな」

千紘は言葉が出なかった。

好色な目を向けられることの気持ち悪さは、千紘も覚えがある。だが、嫌な思いをした出来事は、片手で数えられるくらいにしか起こっていない。勇実や龍治の後ろに隠れれば、不快な相手から逃れることもできた。

まさか男の龍治のほうがそうした害を多く被《こうむ》ってきたとは、千紘は知らなかった。それとも、男同士の会話の中では、男と女の会話よりも遠慮なく、そうした好色なまなざしを隠しもしないものなのだろうか。

かつての龍治は、かわいい顔をしていると言われるたびに、火がついたように暴れていた。優しく明るい龍治がそんなに怒るなんてと、幼い千紘は思っていたのだが、話を聞いてみれば、暴れるのも道理だ。

貞次郎は、好色漢たる反藤への嫌悪を剝き出しにしている。

「あいつは芯から腐っています。わかり合えるはずもない。どんなに仕事ができようが顔が広かろうが、この悪感情《あくかんじょう》は決して覆《くつがえ》せません」

千紘は頰に手を当て、小首をかしげた。

「お相手のかたがそんなにおかしな人なら、まわりの皆さんも、あまりその縁談を無理強《むりじ》いしようとはなさらないでしょう？」

「もちろんです。反藤の肩を持つ人もいるようですが、多くの人はまともなことを言ってくれます。反藤と付き合いがある人でさえ、一緒に酒を飲むのが楽しい男と、娘を嫁がせたい男とは別だ、と切り分けてくださっています」

「では、そんな縁談、お断りできるでしょう」

貞次郎は突然、眉尻を下げて、口をへの字に結んだ。今にもべそをかきそうな顔だ。硬く張り詰めていた声が、不安げに揺れた。

「それが……姉上が、縁談を受けると言って、聞かないのです。一度こうと決めたら、姉上はとても頑固だから。でも、あんなやつに嫁いだって、幸せになれるはずもないんです。千紘さん、龍治先生、助けてください」

つい先月まで白いくちなしの花がよく香っていた庭に、今は白色や薄紅色《うすべにいろ》の百合《ゆり》の花が咲いている。

いつ見ても、亀岡家の小さな庭はきれいだ。菊香が丹精《たんせい》して草木を育てているらしい。

千紘が亀岡家を訪ねたとき、菊香は、庭を望める部屋で針仕事をしていた。勇実の筆子たちに縫ってやった巾着袋と同じ作り方で、端切れを寄せ木細工のように継ぎ合わせている。

「あら、千紘さん。いらっしゃいませ」

針仕事の手を止めた菊香は、ふわりと微笑んだ。

「お邪魔していいかしら」

「ええ、もちろん。どうぞ上がってください」

千紘が勝手口から上がり込む間に、菊香は台所に立って、冷ました麦湯を入れてきた。菊香が針仕事をしていたところに腰を落ち着ける。

あちこちを開け放った屋敷の中で、このあたりが風の通り道になっているようだ。千紘は首筋の汗を拭った。菊香がたっぷり持ってきてくれた麦湯が、渇いた喉に優しい。

「菊香さん、今日、ご両親は？」

「父は急な仕事、母はお医者さまのところです」

「母上さま、どこかお悪いのですか？」

「いいえ、祖母が少し風邪をひいているようで、母はその付き添いです。母自身はぴんぴんしていますよ」

麦湯を飲んで一息つくと、千紘は話を切り出した。

「朝から貞次郎さんがうちに来たんです。大事な話があると言って」

「あの子ったら、非番のはずなのに出掛けたと思えば、そちらに行っていたのですね」

「ええ。貞次郎さんは朝からうちでひととおりお話しして、今は龍治さんのところで剣術の稽古をしています。悩んだり考え込んだりするときは、体を動かすのがいいんですって」

菊香はうなずきながら聞いている。

いつもと同じ、落ち着いた物腰だ。思い切った決心をした様子には見えないし、やけになっているわけでもないらしい。

千紘は言葉を探して視線をさまよわせた。

軒下《のきした》に七夕飾りが出されている。小振りな笹には、切り紙細工の飾りのほかに、織姫《おりひめ》と彦星《ひこぼし》を模《も》した人形が吊るしてある。菊香が作ったものだろう。

菊香の針仕事の腕前は、これで食べていけそうなほどだ。料理も得意で、菊香が作るお菜《さい》や菓子は、どれも優しい味がする。

物知りでもある。とりわけ花については詳しくて、花びら染めをしたり、色鮮やかな押し花を作ったり、お手製の花のお香を楽しんだりしている。

それだけではなく、菊香は体が健やかで、剣術ができて、やわらの術も身につけている。あれもこれもできるが、己をひけらかすようなところは少しもない。

千紘は麦湯で舌を湿《しめ》して、話を切り出した。

「貞次郎さんから聞いたんです。菊香さんに縁談が来たって」

「ええ、そうなのです。行き遅れの二十の娘にとって、この上もなくよいお話で」

千紘は思わず身を乗り出した。

「本当に？　菊香さんは心からそう思っているの？　だって、お相手は五十過ぎなんでしょう。年が離れすぎているし、菊香さんより年上の子供だっているし、それに、貞次郎さんはお相手のことを好いていないようだったわ」

菊香は、長いまつげをしばたたいた。

「貞次郎ったら、困った子ね。思いのほか、人の選《よ》り好《ごの》みをするのだから」

「でも、貞次郎さんはお相手のかたと会って、嫌だと感じているそうですよ。菊香さんのことが心配でたまらないんだわ」

菊香はおっとりと微笑んだ。

「仕方がありませんね。あの子への縁談ではないのに、そんなわがままなことを千紘さんに話すなんて」

「わがままかしら？　話を聞いた限りでは、貞次郎さんの言い分はもっともだと思えました。お相手のかた、馴れ馴れしくて失礼な人なのではないの？」

「気さくなのですよ。堅苦しいよりも、いいではありませんか」

「でも」

「大丈夫です。わたしは反藤さまとお会いしてお話しした上で、縁談をお受けすると決めたのです。妻に手を上げるような殿方だったら少しつらいと思っていましたが、反藤さまはそういうかたではないようですから」

千紘は唇を噛んだ。

貞次郎の話を聞いて、菊香の縁談にとてつもなく嫌な感じを覚えた。だが、千紘はじかに反藤と会って話をしたわけではない。そんな相手のことを悪しざまに言うのは、確かに公平ではない気もする。

何より、菊香が静かに微笑んで、縁談のことをちっとも嫌がるそぶりを見せないのだ。といって、さして喜んでいるようにも見えないが、穏やかな心持ちで受け入れているらしい。そう感じられる。

千紘はたじろぎながら、改めて問うた。

「菊香さん、本当にこの縁談に納得しているのですか？」

千紘の目をじっと見つめた菊香は、千紘の頰にそっと触れた。

「男も女もなく、ただ好きな人と一緒になれるのなら、わたしは千紘さんと暮らしてみたいと思いますけれど」

菊香の目の色が存外薄いのだと、千紘は初めて気がついた。茶色っぽくて、少し鶯色《うぐいすいろ》にも似ている。色が薄いぶん、光をきらきらとよく弾いている。

千紘は言った。

「わたしも、菊香さんとはずっと親しいお友達でいたいわ。もしもこの先、誰かと所帯を持っても、菊香さんはわたしにとって特別です」

「ありがとう、千紘さん」

菊香は千紘の頰に触れ、髪に触れた手を、己の胸元に引き寄せた。千紘の頰には、菊香の乾いた指先の感触だけが残った。

少し押し黙っている間も、菊香は口元をかすかに微笑ませていた。悲しいことも悩んでいることもないと、無言のうちに告げるかのように。

やがて菊香は口を開いた。

「わたしには二度と縁談など来ないと思っていたのです。わたしは去年、長らく許婚《いいなずけ》であった人から捨てられて、身投げ騒ぎまで起こしてしまいました。この界隈では、知らない人はいません。わたしは、傷物なのです」

「そんな言い方ってないわ。傷なんてあってもなくても、そんなのかかわりなく、菊香さんは身も心もきれいだもの」

菊香はかぶりを振って、冗談めかして言った。

「優しい言葉をはっきりと口にしてくれるのは、千紘さんだけ。なぜ女が女を娶《めと》ることができないのかしら。選べるのなら、わたしは本当に千紘さんがいいのに」

「冗談で茶化さないで。菊香さんは、どんな縁談を受けるか選んでいいはずでしょう。反藤さまとの縁談は、どうしても受けなければならないものではないんじゃないかしら」

菊香は静かに答えた。

「いいえ、受けなければならないのです。わたしは、一人で生きていくつもりでいました。そこへ来て、きちんとしたお役に就いた殿方からの縁談ですよ。お断りするわけがどこにありましょう？」

「でも、人柄が合わなければ、夫婦になっても苦しいだけだと思うの」

「他人と一緒になるのですもの。どなたがお相手だとしても、合わせなければならない面はあるでしょう。それに、貞次郎のこともありますから」

「貞次郎さん？　どういうこと？」

「わたしが先に片づかないと、貞次郎の縁談も進めにくいでしょう。わたしは、あの子のお荷物にはなりたくありません。ねえ、千紘さん」

「はい」

菊香は、その名のとおり香り立ちそうなほどに、花のごとく美しく微笑んだ。

「誰かに必要としてもらうのは、幸せなことです。その幸せを、こんなわたしにもたらしてくれる殿方が現れたのですよ。これはよいご縁なのです。この縁談は、お受けします」

二

日傘を差してはいたものの、本所相生町の屋敷に帰り着いたときには、千紘はぐったりしていた。暑さに中《あ》てられて顔が赤くなっているのが、自分でもわかる。

気持ちは急《せ》いていたが、勇実も龍治もそれぞれの仕事が終わっていなかった。

千紘は、湯冷ましを飲んで喉の渇きを落ち着け、濡らした手ぬぐいで首筋を冷やしながら、時が流れるのを待った。

昼はとうに過ぎているが、何も食べる気が起こらなかった。辛《かろ》うじて、何となくほしくなった梅干しを一つ二つ、つまんだだけだ。

風が抜けるところで体を休め、少しうとうとしていた。やがて、勇実と龍治と貞次郎が、白瀧家の屋敷に姿を見せた。

千紘はがっくりとうなだれて、男たちに告げた。

「菊香さんと話をしてきたけれど、けんもほろろだったわ。何だか言葉が嚙み合わないみたいで、空回りしてしまったの」

千紘の話を聞いて、勇実と龍治と貞次郎は、それぞれの表情で唸《うな》った。勇実は戸惑っている。龍治は苦《にが》り切《き》っている。貞次郎は憤っている。

貞次郎は荒々しく息をついた。

「強情《ごうじょう》な姉上も、千紘さんの言葉になら耳を貸すのでは、と思ったんですが」

「ごめんなさい、力になれなくて。貞次郎さんの気持ちがわかりました。じれったいわ。菊香さんは、自分が誰のもとへ行けば丸く収まるかだけを考えて、答えを出しているのね。菊香さん自身の気持ちを、ないものとして考えているの」

「姉上の気持ちをないがしろにしているのは、姉上だけですよ。父も母も私も姉上のことを案じているのに、姉上はこの縁談が持ち上がってから、本当に変なんです。まるでからくり人形みたいに、縁談を受けると繰り返すばっかりなんです」

勇実は慎重そうに口を開いた。

「自分の気持ちというものを持たない人形、周囲を丸く収めるためだけに動く人形、か。なるほど。菊香さんがあまりに親切なわけがわかった気がする」

千紘は小首をかしげた。

「あまりに親切？」

ひどい言い方をしてしまうかもしれない、と勇実は先に断った。千紘と貞次郎がうなずくのを見て、勇実は言った。

「今年の二月に千紘が怪我をしたとき、菊香さんは八丁堀から毎日、様子を見に来てくれただろう。あんなに親身になってくれるのは、嬉しいことではあるが、普通できることではない」

「菊香さんは、特別なお友達だからと言ってくれたわ」

「千紘のことは、そうかもしれない。急に呼び出したときも、千紘の名を出せば、飛んできてくれる。でも、私は違うだろう。菊香さんにとっては、私はさほど特別な相手でもないはずだ」

貞次郎がちょっと口を挟みかけたが、勇実は言葉を重ねた。

「特別でもないはずなのに、菊香さんは、私の筆子たちのためにたくさんのことをしてくれた。あの真田の赤備えの巾着袋にずいぶん手間暇がかかっていることは、針仕事のできない私にもわかる。お代を取るでもなく、あんなによくしてくれるなんて、普通はできない」

龍治は下唇を突き出して、ふうと息をついた。

「誰に対しても、だよな。菊香さんは、人の役に立たないと気が済まないようなところがあるんだ。ところが、前の縁談をぶち壊しにされて悪い噂を立てられて、亀岡家に居着くことになってしまった。そんな身の上がつらいのかもな」

貞次郎が悔しそうにうなずいた。

「きっと、勇実先生や龍治先生の言うとおりです。姉上は、人に迷惑をかけることをとても怖がっているんだと思います」

龍治は片眉を吊り上げた。

「人に迷惑をかけずに生きることなんて、できやしねえのにな。菊香さんのそういうところは、生まれついての気性なのか、何かきっかけがあったのか」

「誰も姉上のことを厄介者だと思っていないのに、姉上はそう思い込んでいるんです。まともな嫁ぎ先がないのなら、亀岡家にずっといてくれてもいいんですよ。私もいずれ誰かを娶りますが、姉上と仲良くしてくれる相手を選びますから」

　千紘はかぶりを振った。

「それは駄目。菊香さんは、貞次郎さんの家となった亀岡家にずっと住み続けることを、とても苦しく感じてしまうと思うわ。貞次郎さんのお荷物にはなりたくないんだって、さっきもはっきり言っていたもの」

　貞次郎は、いじけたような膨れっ面になった。

「姉上が出ていって、その代わりに誰か別の人がうちに嫁いでくるなんて、思い描くこともできないんです。姉上のせいで、私は、自分と同じ年頃の娘さんが皆似たり寄ったりで、さほど美しくもかわいくもないように見えてしまいます」

　貞次郎の言い分もなかなかに偏《かたよ》っている。後々《のちのち》困ったことになるかもしれないが、とにもかくにも、今は菊香のことだ。

　龍治が、隣に座っている勇実の背中を叩いた。

「こたびは、勇実さんが一肌脱ぐ番かもな」

勇実はびくりと身を震わせた。

「ど、どういう意味だ？」

うろたえ方が尋常ではない。龍治は呆れ顔をした。

「変な意味じゃねえよ。おえんさんのときは菊香さんに迷惑をかけちまったって、ずっと言ってるだろう。その借りを返すと思って、菊香さんにとっていちばんいい答えが出るように、動いてみたらいいんじゃないか？」

貞次郎がきょとんとした。

「姉上が何かしましたっけ？　おえんさん？」

千紘が口を開きかけたのを制して、勇実は声を張り上げた。

「いろいろ重なって、菊香さんに迷惑をかけたんだ。あれは私が悪かった。しかし、他意はなかった。誤解と不運がかち合っただけなんだ。いずれにせよ、ここでくすぶっていても仕方がない。そうだ、貞次郎さん」

「はい、何でしょう」

「反藤どのと話せるだろうか。どんな人なのか、じかに会って確かめたい」

貞次郎は嫌そうな顔をして言った。

「それでしたら、会えますよ。あいつ、近頃は毎日のように姉上に会いに来ますから。夕方の涼しい刻限《こくげん》になると、姉上を屋敷から連れ出すんです」

貞次郎は反藤のことを、もはや名前で呼ぶこともしなかった。あいつ呼ばわりである。

千紘は声を上げた。

「毎日のように連れ出すなんて、図々《ずうずう》しいんじゃないかしら。まだ縁談がきちんとまとまったわけでもないのでしょう？　何さまのつもりなの？」

「もちろん二人で出掛けさせるわけにはいきませんから、私か母が必ず一緒に行きます。目を離してしまったら、あいつ、姉上に何をするかわからない。そういうやつですよ」

勇実は腰を浮かせた。

「今から行けば、間に合うだろうか」

貞次郎は、弾むように立ち上がった。

「間に合うはずです。行きましょう。あいつの好き勝手にはさせません」

勇実と貞次郎は急ぎ足で八丁堀の亀岡家の屋敷を目指した。

千紘は暑気《しょき》に中てられたのが尾を引いて、まだ具合が悪そうだった。龍治もそうそう道場を空けるわけにいかない。

竪川《たてかわ》にかかる一《ひと》ツ目橋《めばし》を渡って、南を指して進んでいく。この時季は、大川のほとりの道を行けば、川風のおかげでいくらか涼しい。

勇実が八丁堀に赴くときは、たいていいつも、大川の東岸《とうがん》を南下《なんか》して深川佐賀《ふかがわさが》町《ちょう》を通り、永代橋《えいたいばし》を西へ渡り、霊岸島《れいがんじま》を突っ切っていく。

千紘や菊香は、大川の西岸《せいがん》の日本橋界隈を通るらしい。買い物に寄ることができるし、深川の色町を横目に見ずに済むから安心でもあるという。

貞次郎は道すがら、大川を右手に眺めながら言った。

「姉上が急にいなくなって勇実先生に助けていただいてから、もう一年余りになるのですね。あのときは本当に怖くて怖くて、父も母も私も眠れなかったんですよ。姉上が見つかるまで、生きた心地がしませんでした」

「あれは去年の六月の半ばだったな。花火見物のために両国橋界隈に繰り出したところだった」

「水練《すいれん》ができる勇実先生が近くにおられたから、姉上は助かったんです。あのときは本当にありがとうございました」

菊香は許婚に捨てられ、傷心を抱えてさまよい歩いていた。浮気者の元許婚は、とっくに別の娘に心変わりをして、まもなく祝言《しゅうげん》を挙げるのだと浮かれていた。

あのとき菊香が元許婚の浮かれっぷりを目にしてしまったのは、何という巡り合わせだったのか。その直後、菊香は、水面《みなも》に吸い寄せられるように川に落ちた。

勇実は菊香の言葉を思い返した。

「自ら身を投げたとは、菊香さんは言わなかったんだ。水が自分を差し招いているような心地がしたと言っていた」

「姉上は、姉上自身のことを信じていないみたいなんです。自分で選び取る力も知恵も持っているのに、そうしようとしない。何も持っていないと思いたがっているんです」

「私の目にもそんなふうに見える。人に対しては細やかな心配りができるのに、自分をちっとも大事にしない。刃物を持った敵と渡り合っても堂々としているのも、もしかしたら、自分に対する投げやりな気持ちのせいかもしれないな」

投げやりな気持ち、と貞次郎は口の中で転がした。菊香とよく似た横顔が、痛ましそうにしかめられる。

「勇実先生は、姉上の元許婚だった男、どんなやつかご存じですか？」

「いや、一度ちらりと姿を見たが、詳しくは知らない」

「去年のあのことがあるまで、私もあまり話したことがなかったのですが、どうしても許せなかったんです。あの大騒ぎをどうしてくれるんだと、あの後、私ひとりで怒鳴り込みに行きました。それで、どんなやつなのか知りました。こいつが姉上を操っていたんだと感じました」

「菊香さんを操っていた？」

「言葉で操るんです。にこやかで優しいような顔をして、でも、相手の何もかもにけちをつける。そういうやつです。私はあいつより年下で、去年はまだ前髪姿の子供だった。だから、終始舐められっぱなしでした」

貞次郎は急いで大人になろうとしている。まだ十四なので、元服するのも仕事の見習いを始めるのも、あと一年か二年待ってもよかった。貞次郎の同い年の手習い仲間は、まだ子供でいることを選んでいるという。

しかし、貞次郎は待たなかった。菊香の元許婚に子供扱いされたその出来事も、貞次郎の心に火をつけたに違いない。

貞次郎は吐き捨てた。

「あいつは、自分がいつも人の上に立っていると思いたいんでしょうね。あいつに見下されることを受け入れる相手とだけ、一緒にいるんですよ。あいつは、話がとてもうまいんです。自分がとても正しくて寛大であるかのように見せかけるやり方が、巧《たく》みなんです」

わかりますか、と貞次郎は勇実に確かめた。勇実がうなずくと、貞次郎はまた語気荒く言った。

「どんなになじっても責めても、あいつは人のいいような顔をして、あなたは俺を嫌っているようだがそれはとても残念なことだ、なんて繰り返すんですよ。傍《はた》から見れば、私のほうがひどい人みたいでしょう。後ろめたい気持ちにさせられるんです。その後ろめたさを利用して、あいつは相手を操るんです」

勇実は呻いた。

「なるほど。それは確かに、相手を窮地に追い込むやり口だ。ごめんなさいと言わせて、それを許すそぶりで心が広いかのように見せかけて、相手を言いなりにする」

ぞっとしたのは、自分にもそんなところがあるのではないかと気づいたからだ。勇実は声を荒らげたりなどしないが、相手を思いどおりに動かしたいと望んでしまうことは、いくらでもある。

貞次郎は拳を握り締めた。

「私はあのとき、意地でも謝りませんでした。もしも私が、言葉が過ぎましたなどと言ってしまえば、あいつは調子に乗って、わかればいいんだとふんぞり返ったでしょう。俺は悪くなかったよなって、私に認めさせたでしょうね」

「そういうやり方で、その男が菊香さんの優しさに付け込んで菊香さんを操っていたと、貞次郎さんは感じたのか」

「間違っていないと思います。姉上は幼い頃からあいつに縛られて、操られて、あいつより何もかも出来がいいのを後ろめたく感じるようになって、自分の値打ちなんかないほうがまわりが幸せなんだと思い込むようになったんです」

貞次郎の言うことがすべてにおいて当たっているとは限らない。だが、菊香の考え方の根っこにあるのはそういったものだろうと、勇実も感じた。

「どうすれば、菊香さんは自分を大切にして、自分の幸せをまっすぐ見つめられるようになるんだろう?」

ぼそりと口にしてみた問いは、解きほぐすのがあまりに難しいように思えた。

人ひとりの生きる道筋や幸せについて、ああだこうだと、たやすく口出しできるものではない。

「勇実先生、もしも私が弟ではなく、亀岡菊香の兄であったなら、姉上のことをしっかり守ってあげられたのでしょうか？」

「どうだろう。しかし、兄であろうと弟であろうと、貞次郎さんが菊香さんのことをすべて背負おうとするのも、よくないのではないかな」

貞次郎は地団太《じだんだ》を踏むように、足音を高くした。

「悔しいんです。姉上に近づく男は、優しいふりをしながら姉上を傷つけるやつばかりだ。勇実先生、大人の男って、女の前ではあんなふうになってしまうものなのですか？　女を自分の思いどおりにすることで男は満たされるんだって、そんな間柄になってしまうものなんですか？　違いますよね？」

勇実は、苦いもので胸をふさがれた心地だった。

「その問いに堂々と答えられるほど、私はまともな男ではないよ」

「何を言うんです？」

「私も、ある女の人をひどく傷つけたことがある。私は、あの人のことを自分の望むとおりにしたいと思っていた。貞次郎さんが嫌う、女を操りたがる男というものが、私の中にも確かに根差している。浅ましくて、嫌な話だ」

貞次郎は足を止めた。目を見開いて、勇実を見据えている。

立ち止まった勇実は、黙って貞次郎のまなざしを受け止めた。勇実の中にあるものを隅々までのぞき込もうとするかのような、まっすぐなまなざしである。

貞次郎は菊香と顔立ちが似ている。中でも、まつげの長い目元はそっくりだ。だが、菊香はこんなに強い目をして見つめてはくれない。勇実は菊香の横顔を追いかけてばかりだ。

貞次郎は、どこかが痛むような顔をして笑った。

「勇実先生は、正直すぎますよ。子供みたいですね」

「そんなことはない」

勇実の答えにかぶりを振ると、貞次郎は前を指差して言った。

「行きましょう。今日は勇実先生が一緒に来てくださるから心強いです」

夏の暑さを留《とど》めたままの上天気《じょうてんき》が、千紘はうらめしかった。急ぎ足で出ていった勇実と貞次郎を追いかけるには、真っ昼間に日なたを歩いた疲れが残っていて、体がきつい。

ふてくされた顔になった千紘を前に、龍治は荒っぽく頭を掻いた。

「そう焦るなよ。日が長いし、この時季は夜でも人通りがあって町が明るい。後で追いかけていって落ち合うこともできるだろう」

「後って、いつです？」

「親父が出稽古から戻ったら、俺は道場を離れられる。それから一緒に行こう。だから、ちゃんと休んでいてくれ。勝手に突っ走らないでくれよ」

「何ですか、その言い方。まるっきり子供扱いね」

千紘が頬を膨らませると、龍治は笑った。

「菊香さんに振られてしょげているかと思ったが、威勢がいいな」

「しょげたわよ。でも、そうしてばかりもいられないでしょう。それに、菊香さんと言葉が通じないみたいに感じたことって、前にもあったもの。初めて会ったときも、そんなふうだったから」

菊香が大川に落ち、勇実が泳いで助けた後だ。菊香はすっかり心を閉ざしてしまい、名前を告げたほかは一言も口を利いてくれなかった。

あのとき一生懸命に働きかけたのは千紘だったが、結局のところ、菊香の心を開いたのは勇実と貞次郎だった。

勇実がどうやって菊香との語らいを得たのか、千紘は知らない。問うても勇実はきちんと答えてくれなかった。

菊香の父母や貞次郎を捜し出し、菊香のところまで連れてきたのは千紘と龍治だった。まっすぐ菊香に飛びついていった貞次郎が、中身がぽっかりうつろな人形のようだった菊香を、人へと引き戻した。

あれから一年と少しの間に、千紘は菊香と親しくなった。困ったことがあれば、千紘は菊香に頼るようになった。菊香は何でもしてくれて、どんなときも助けてくれた。

菊香は千紘の心を救ってくれるが、菊香自身はどう感じているのだろう？ こんな間柄では、千紘が菊香から何かを奪い取るばかりではないのか。

龍治が、不意にまじめな顔をした。

「なあ、千紘さん。本当に、一人で行かないでくれよ。俺だって、菊香さんの身を案じている。でも、菊香さんに害をなしているという男に、千紘さんが一人で出くわしてしまうことも、俺は怖いんだ」

「どういう意味です？」

「そのままの意味だよ。貞次郎は、菊香さんを助平野郎の手から救おうとしている。それと同じで、俺も勇実さんも、千紘さんが嫌な目に遭うのを避けたいと考えている」

「わたしは菊香さんみたいにおとなしくないから平気。嫌なことをされたら、やり返せるもの」

「駄目だ。やり返せるからいいってもんじゃねえよ。俺は、千紘さんが例の助平野郎から嫌なことをされるのが耐えられねえ。もしそんなことが起こってみろ。俺は躊躇《ちゅうちょ》なく、そいつをぶっ飛ばす。手加減できないぞ」

龍治は千紘から目をそらさない。千紘は息苦しくなってきて、つんとそっぽを向いた。

「わかりました。菊香さんのことは心配だけれど、今は兄上さまに任せるわ。わたしは龍治さんと一緒に行きます」

「わかってくれりゃいいんだ」

龍治は千紘の頭をぽんぽんと優しく叩いた。

また子供扱いだ。千紘は頬が熱くなるのを感じ、龍治の手を振り払った。

龍治はさほど気にする様子もなく、いつもの飄々《ひょうひょう》とした顔で笑っている。

「まあ、勇実さんも、いざというときはやってくれる。縁談を引っくり返すにはちょうどいい薬になってくれるんじゃねえかな」

「兄上さまがそんなにうまくやれるかしら？」

「うまくはやれなくても、勇実さんは嘘がつけねえから大丈夫だ。菊香さんが不幸せになるのをみすみす放ってはおけないさ。菊香さんが大川に落ちたときも、真っ先に飛び込んでその手をつかんだような人だぜ」

「あのときの兄上さまは、菊香さんのことを知らなかったわ。相手が誰であっても、とっさに飛び込んだでしょう」

「だから勇実さんのことを信じられる、と俺は思うんだよ。助けを求める人がいたら、何も考えなくても体が動くんだ。あれこれ理屈っぽく考えて格好つけちまう癖もあるが、いざとなったらそういうのが全部吹っ飛ぶ」

龍治の言わんとすることが、千紘にもわかる気がした。一方で懸念《けねん》もあった。

「兄上さまは、菊香さんの前では臆病だわ。あれこれ考えてしまって動けなくなる、その悪い癖が出てばかりだと思うんです」

「大事な人だから傷つけたくなくて、踏み込めないのさ。そのへんは心配いらねえよ」

「そうかしら。わたしは、兄上さまが頼りなく見えて仕方ないのだけれど」

「勇実さんは、十八の頃におえんさんとのことで懲りてから、女を避けるようになっていた。その勇実さんが、菊香さんの前では、ほかと違う顔をする。菊香さんに触れることを怖がっちゃいても、手放すことのほうが怖いはずだ」

千紘は、ほうと息をついた。

「龍治さんがそう思うなら、そのとおりなのかもしれません。やっぱりわたしよりも龍治さんのほうが兄上さまのことをよく見ているし、知っているし、心の奥のほうまでわかっているんだわ」

「水魚《すいぎよ》の交《まじ》わりってやつかな。何だ、浮かない顔して。やきもちか？」

「違います。近くにいても、ちっとも見えていないものよね。わたしは兄上さまのことをちゃんと知らないし、きっと兄上さまだってわたしのことをわかっていない。そういうものなんでしょうね、きょうだいって」

龍治が口を開き、一度閉じて、それから言った。

「千紘さんより俺のほうが勇実さんのことをよく知ってるのと同じように、勇実さんより俺のほうが、千紘さんのことをちゃんと見てるつもりだぜ」

歌うようにささやかれた言葉が、千紘の胸をざわつかせた。甘いような苦いような、息ができなくなるような心地だった。

じゃあ、と龍治は手を挙げて、道場のほうへ走っていった。

三

こうすればよいと思ったこと、こうしたいと決めたことは、すべて裏目に出てしまう。菊香はそんな気がしてならない。

好いた人と添い遂《そ と》げるのは幸せなことだと、母が言っていた。菊香が幼い頃から、母はそう言って、ささやかで確かな幸せを嚙み締めているようだった。

母のように生きていけたらいいと、菊香は憧れた。だから、ごく幼いうちに決まった許婚を好きになることにした。

許婚だった男は、怒らせなければ優しかった。怒ったとしても、声を荒らげるわけではなかった。ただ不機嫌に、冷淡に、そっけなくなる。顔は笑っているのに、その手は今にも刀を抜きそうなくらいに張り詰める。

ああ、また間違えてしまった。そう悟って、菊香は謝る。許婚だった男の手を見て、その強張った指がもとのとおりに脱力するまで、菊香は自分の悪いところを省《かえり》みる。

間違えないように。あの人を決して怒らせないように。

綱渡りをするみたいに慎重に、菊香は、許婚だった男に尽くした。男が別の娘を選び、菊香との縁談を反故《ほご》にするまで、ずっとそうしてきた。

縁談が壊れたときには、やっと終わった、と思った。

こうやって生きていかねばと決めていた道がばらばらになって、歩き方がわからなくなった。望みが絶たれたと同時に、もうくたびれなくて済むと、心底ほっとしている自分がいた。

一度は捨てたも同然の命だ。今度こそ人の役に立てるのなら、求められるとおりに、上手に振る舞わねばならない。

菊香の前に、愛想笑いをした五十男がいる。

反藤さま、と呼んでいる相手だ。姓ではなく名で呼んでほしいと乞われたときだけ、望まれたとおりに造酒之助さまと呼んでみた。反藤は飛び上がらんばかりに喜んだ。

よかった、わたしは間違えていない、と菊香はひそかに胸を撫で下ろした。今のところ、まずまず上手にできていると思う。

「おや、今日は母君や弟御は出掛けているのか？」

「はい。二人とも、まだ出先から帰ってきていません」

「それはそれは」

反藤は満面に笑みを浮かべ、いそいそと揉み手をした。

今日もまた反藤と出掛ける約束になっている。いつもよりいくらか早い刻限にやって来た反藤は、突き出た腹を揺らして、菊香を門の外へと連れ出した。

反藤は、酒食《しゅしょく》が日々の楽しみであり、生き甲斐でもあるという。血色のいい顔は、福々しいようにもたるんでいるようにも見える。

勤めによる禄高《ろくだか》は亀岡家と大差ないのに、反藤家は裕福だ。家門《かもん》そのものの財ではない。造酒之助が裕福な商家の生まれで、実家や親戚筋からの付け届けがふんだんにあるらしい。

旗本や御家人でも、昨今では貧しい暮らしを送る者が珍しくない。一方で、金持ちの商家が箔《はく》をつけるために武家の株を買い、子息を婿として送り込むことも、ちらほら耳にする話だ。

かつて菊香の許婚だった男も、商家の娘を娶ることを選んだ。格式や儀礼よりも、金を選んだのだ。

反藤は、侍らしからぬ愛想のよさと軽々しさで、菊香の手を握った。ごく近いところから、ねっとりとした目を菊香に向けて、頭のてっぺんから下駄の鼻緒まで品定めをする。

「もっと派手にめかし込んでも似合うだろう。菊香はまだ若いし、何より別嬪《べっぴん》なのだ。着飾って楽しまねばならんよ」

いつの間にか名を呼び捨てにされている。世の男は、女がまだ妻になる前から、そんなふうに呼ぶものなのだろうか。

菊香は目を伏せた。

「派手なものは、わたしには似合いませぬ」

「おや、儂《わし》の見立てが間違っておると言うのかね」

「いえ……ごめんなさい、生意気を申しました」

「よいよい。儂は気にしておらん。やはり祝言なんぞ待たずに、菊香のために着物を仕立ててやりたいんだが、どうだね？　その白い肌に似合う、大輪の花が咲いた着物だ。襦袢《じゅばん》から何からすべてこしらえてやる。高い襦袢は肌に心地よいぞ」

反藤は往来でも平然として、肌着の話をする。滑稽めかした口ぶりで閨《ねや》の話をすることさえある。

そんな話をたまたま耳に入れてしまった人々の視線が、射抜《いぬ》かんばかりに突き刺さってくる。

誰も咎《とが》めない。付き従う小者たちが、さも楽しげな様子で笑い声を上げる。囃《はや》し立《た》てるように手を叩く。まるで宴席の幇間《ほうかん》である。

反藤にとっての正しさは、この話でこうやって笑うことなのだ。菊香は唇を引き結んで、その両端を持ち上げてみせる。

急に顔を寄せてきた反藤が、話に落ちをつける。

「いずれにせよ、女が身につける布という布は、男に引っぺがされるためにあるのだがな」

幇間のような小者たちが、どっと笑う。

反藤の屋敷は赤坂《あかさか》のほうにあって、八丁堀まではいくらか遠い。反藤はここまで駕籠に乗ってくる。己の足で歩くのは、こうして菊香の手を取って、どこぞに連れ出すときだけだ。

ほとんど毎日のように反藤はやって来るが、あらかじめ行き先を伝えられることはない。

日本橋の格式高い料理茶屋にいきなり連れていかれて、驚いたことがある。その驚きを喜びだと思ったらしく、反藤は「菊香を喜ばせてやろう」と言って、行き先も告げずに連れ出すのだ。

八丁堀北紺屋町にある亀岡家を出て東を指して歩き、亀島橋《かめじまばし》を渡って霊岸島を行きながら、反藤はようやく種明かしをした。

「今日は深川佐賀町の船宿に宴《うたげ》の支度をさせておる。伏見屋《ふしみや》という船宿でな、近頃流行《はや》っておるのだが、知っておるか？」

「いえ。流行っているのですか」

反藤は満足そうだ。

どこかの店の新しい名物料理だとか、人気の役者がこの頃好んでいる酒だとか、そうした噂話の類に菊香は疎《うと》い。ものを知らない若い娘に蘊蓄《うんちく》を説いて聞かせるのが、反藤はたまらなく楽しいようだ。

「伏見屋はな、その名のとおり、伏見の酒と上方風《かみがたふう》の肴《さかな》を揃えてあるのだ。屋形船の造りは地味だが、まあそれなりに洒落てはいる。今日はこれから、菊香を屋形船に乗せてやるぞ。大川の風で涼みながら、二人きりの舟遊びといこう」

菊香はぞくりとした。

「舟遊び、ですか」

優しく差し招くような水面のきらめきを思い出した。

一年前の夏の盛りだ。

川風の中を、刹那《せつな》、飛んだ。ふわりと体が浮いた途端、きらめく空の中に魂が吸い込まれるかのようだった。溺《おぼ》れかけたのに、苦しかったという思いはない。お天道《てんとう》さまの下で、地の上に立っているほうが、うまく息ができない。水面にいざなわれるまま、川の中に包まれてしまえば、いっそ楽になるのではないか。

足が止まりかけていたようだ。

反藤が菊香の手をぐいと引いて、体を寄せてきた。

「どうした、菊香。もう少し歩くが、足がつらいかね?」

「いえ」

「どれどれ、儂が支えてやろう。寄りかかってくれてかまわんよ」

反藤の腕が菊香の腰に回された。背筋に震えが走る。生ぐさい汗の匂いがする。反藤は歩みが遅く、かえって足がもつれそうになる。

道行く人がこちらを避けて歩くのがわかる。知った顔に出くわしたかもしれない。菊香はつま先に視線を落としたまま、まわりを見ることなどできなかった。

まだ縁談が成ってもいないのに、夫婦よりもぴたりとくっついて外を歩くなど、はしたないどころではない。

深川佐賀町は目と鼻の先だ。けれども、気が遠くなるほど長い道のりに感じられた。頭に靄《もや》がかかったように、考えがぼんやりとしている。

やっと永代橋の東詰めに至り、柳の下で立ち止まると、小者らが船宿のほうへ駆けていった。

反藤は、ふうふうと口で息をしていた。喉の奥から喘鳴《ぜんめい》が聞こえる。びっしょりと汗をかいて、着物が湿っている。

侍の嗜《たしな》みとして反藤も刀を腰に差してはいるが、鍛錬など少しもしていないのだろう。菊香の腰を抱いた掌は、ぶくぶくに肉がついていて柔らかい。

その掌が、菊香の尻を撫で上げた。

思わず声が出た。

反藤は悪びれもせずに笑った。

「よい声だ。ほっそりとした柳腰と思いきや、なかなか立派な尻ではないか」

「お戯《たわむ》れを……」

「話に聞いておったのだが、菊香は女だてらに剣術をたしなむとか。よいよい、咎めはせんよ。鍛えておればこその尻じゃのう。舞上手《まいじょうず》の芸者より、また一段と具合がよさそうだ」

「あの……人に見られます」

「見せつけてやりたいくらいじゃ。儂の新妻《にいづま》は、こんなにもかわいらしく初々《ういうい》しいのだぞ、とな」

体も心も石になってしまえばいい。

布越しにこの身の形を確かめようとする、親しくもない男の掌。耳元で舌舐めずりをせんばかりの、気の急いた睦言《むつごと》。

大丈夫。うまくやれる。間違ったりはしない。

こんなわたしを望んでくれる、ありがたい殿方なのだから。そうやって心を石にする術《すべ》はとうに身についている。顔はきちんと微笑んでいるはずだ。

ぶくぶくと肉のついた指が一艘《いっそう》の屋形船を指し示した。障子を閉め切ってしまえば、中で何がおこなわれていても見えるまい。

今からあれに乗るのだ。

屋形船を浮かべた水面は、そろそろ色づき始めた西日を浴びてきらめいている。涼やかな川風が柳の枝を揺らしている。

この身が本当に石になればいいのに、と思った。

そうしたら、あのきらめく水面にいざなわれるまま、あっさりと水底に沈んでしまって、二度と浮かび上がってはこないのに。

四

八丁堀界隈は、ご公儀のお役に就いた侍が多く住むところだ。とりわけ、町奉行所勤めの与力や同心の屋敷地になっていることはよく知られている。八丁堀の旦那とは、町方の治安を担《にな》う定町廻り同心などを指して言う呼び名だ。

菊香や貞次郎の父、亀岡甲蔵は百五十俵高《ひゃくごじっぴょうだか》の旗本で、城勤めの小十人組士である。小十人組は武門の仕事であるから、甲蔵は剣術の鍛錬を欠かさないという。

勇実は幾度か話したことがあるだけだが、甲蔵の謹厳な人柄を好ましく思った。上手に世間を泳いで出世するような芸当はできまい。だが、人の道を踏み外す過ちを犯すことも、決してあるまい。亀岡甲蔵とは、そういう人だ。

深川の仙台堀《せんだいぼり》にかかる上之橋《かみのはし》を渡ったところだった。勇実は思いがけず、見知った顔に出くわした。

髪結いの伝助《でんすけ》である。

伝助の年の頃は三十ほどだ。目元に紅《べに》を刷《は》き、女物の着物をさらりと着こなしているのが、一種独特な色気を放っている。気の細やかなことと相まって、女に持てるらしい。

勇実が声を掛けるより先に、伝助のほうが慌てて飛んできた。

「白瀧家の学者先生、いいとこに来たね。亀岡家のご令嬢は、あんたと妹にとって大事な人だろ。助けてやんな。あれはまずいよ」

貞次郎が伝助に取りすがった。

「姉上がどうしたのですか？」

伝助は貞次郎を見下ろした。顔かたちと言動から、あれこれ察したらしい。

「あんた、あの娘の弟か」

「はい。姉上のことを知っているんですか？」

伝助はうなずいた。

「あたしは髪結いの伝助ってんだ。八丁堀にお得意さんがたくさんいる。あんたの姉さんのことはね、去年ふらっといなくなっちまった頃から、ちょいと気にしていたんだよ。しかし、こたびもまた厄介な男に引っ掛かったねえ」

伝助は髪結いの仕事のほかに、八丁堀界隈の噂を集める裏の仕事をしている。

いくらか包めば必要なことを教えてくれるし、扮装《ふんそう》の類もお手の物だ。捕《と》り方《かた》にも一目置かれている。

勇実と龍治も去年、盗人《ぬすっと》を捕らえるために伝助の力を借りた。それ以来、三度ほど薬研堀《やげんぼり》の煮売屋《にうりや》で顔を合わせ、上手なことを言われて酒を奢《おご》らされた。

この恩はそのうち返すよ、と軽い口ぶりでうそぶいていたのが、どうやら今ということらしい。伝助は早口で告げた。

「坊ちゃん、あんたの姉さんは反藤の助平親父に連れ出されて、今にも屋形船に乗せられようってところだ。幽霊みたいな顔色で、何をされても黙ってるんで、見てられなくて後をつけてきた。でも、あたしじゃあ割って入りようがない」

伝助は勇実と貞次郎を引っ張って、中之橋《なかのはし》を渡った。

通りと河岸の境に柳が植わっている。簾《すだれ》のように下がった枝の向こうに、大小の屋形船が係留《けいりゅう》されている。

一艘の屋形船に、肥えた男が乗り移った。その男こそ、貞次郎が毛嫌いする反藤造酒之助だ。

反藤は河岸へと手を差し伸べた。反藤の小者とおぼしき男たちの陰から、菊香が姿を見せた。

幽霊のような顔色と伝助が言った、まさにそのとおりだ。生気《せいき》がない横顔は、形ばかり微笑んでいる。反藤のほうへ手を伸ばす菊香は、まるで人形だった。

貞次郎が叫んだ。

「姉上、駄目です！」

河岸に立つ男たち、すなわち反藤の小者や船宿の水主《かこ》といった面々が、一斉にこちらを見た。

貞次郎は怯《ひる》むことなく、男たちのほうへ突っ込んでいった。呆然《ぼうぜん》とする男たちを突きのけ、貞次郎は菊香の腕をつかむ。

「姉上、やめてください。この船に乗っては駄目です。こいつが何をたくらんでいるか、わからないはずがないでしょう？」

逢瀬《おうせ》の邪魔をされた反藤が、顔を歪《ゆが》めた。

「何のつもりかね、弟御よ。大人の邪魔をするんじゃない」

反藤は犬を追い払うように手を振った。屈強な水主が左右から貞次郎を捕らえ、菊香から引き離す。

「やめろ、放せ！」

貞次郎が声を上げると、菊香が初めて、はっと表情を変えた。

「弟を放してください」

反藤が猫なで声を出した。

「おやおや、順番が違うだろう、菊香。まずは儂に何を言うべきだ？　ちゃんと言ってごらん」

菊香は反藤のほうを振り向いた。

「ごめんなさい。お許しください」

くずおれるように頭を下げた。

「いい子だ。ほら、おいで」

菊香はうなだれたまま、反藤の言葉に従いかけた。つま先がほんの少し、水際《みぎわ》へ近寄る。

貞次郎が菊香を睨み、反藤を睨んだ。自力でもがいて、己《おのれ》を捕らえる腕から抜け出す。

「姉上！　姉上は間違っている。しっかりしてください！」

まっすぐに叱咤《しった》する声が、勇実の胸を奮い立たせた。

勇実は進み出た。

「そちらへ行かないでください、菊香さん」

菊香が顔を上げ、振り向いた。西日を背にした菊香は、顔に影を落として、黙って勇実を見つめている。昏ばかりは、偽りの微笑みを貼りつけたままだ。

勇実は、菊香の儚《はかな》さにぞっとした。

夕焼けの橙色《だいだいいろ》にきらめく水面が、今にも菊香をさらっていきそうに見えた。

水に落ちた途端、菊香が泡になって消えてしまうのではないかとも思えた。

勇実はもう一度、同じ言葉を口にした。

「お願いです。そちらへ行かないでください、菊香さん」

人が集まってきている。何事かと問うざわめきに、伝助が声を張り上げた。

「金に物を言わせて若い娘を手籠《てご》めにしようってぇ魂胆《こんたん》の助平野郎に、金は持たねえが心根《こころね》のまっすぐな色男が待ったをかけたのさ！　娘の弟は色男の肩を持っている。そりゃあそうだよねえ。親より老けた助平野郎に、大事な姉を渡せるわけがない！」

芝居がかった言い回しは真実ではないが、場に満ちた気の流れが変わったのが、勇実には感じられた。

深川の花街《かがい》にしけこむ客が、芝居見物でもするかのように声を上げた。

「よう、色男！　娘さんを離しちゃ駄目だ」

「嫌だねえ、金持ちの横恋慕《よこれんぼ》だって」

「あの助平野郎、知ってるわ。嫌な客だよぉ」

「手前の店じゃあ出入りを断ってるぜ」

「あら、そりゃまたどうして？」

「片っ端から女中の尻をさわりやがるからさ」

「娘さん、あんた、金より大事なものがあるよ」

「色男よぉ、さっさと娘さんをさらっていっちまえ」

反藤の小者はうろたえている。船宿の水主はもはや逃げ腰だ。

凄まじい顔をした反藤が、怒鳴った。

「菊香！　こっちへ来い！　儂の言うことが聞けんのか！」

貞次郎が怒鳴り返す。

「おまえが姉上の名を呼ぶな！　耳がけがれる！」

反藤は何事かを吠えると、屋形船から河岸に戻り、菊香の肩をつかんだ。野次馬が悲鳴のような声を上げた。

勇実は、棒立ちになっていた己の足を拳で打った。

「動け」

己に命じる。

今は、考えてはならない。考え始めれば、体が固まってしまう。声ひとつ出せないまま、すべてが目の前を通り過ぎるのをただ眺めるだけになってしまう。

動けないまま終わって、後になって悔いるばかりは、もうたくさんだ。

傷ついてほしくない人が、目の前にいる。

勇実は菊香に駆け寄った。反藤の手を払いのけながら、立ち尽くしている菊香の体を、そっと引き寄せた。

わあっと歓声が上がる。

反藤が、ぶるぶる震える手を刀の柄《つか》に掛けた。

「何という……何ということだ。おまえら、そうか。そういうことか。儂に隠れて不義を働いておったか！　菊香、このあばずれめが、儂の前では初心《うぶ》なふりをしながら、男がおったのか！」

貞次郎が刀に手を掛けて進み出た。

「今の言葉を取り消せ！　姉上を侮辱するな！　おまえが持ってきた縁談なんか、亀岡家の名にかけて、絶対に願い下げだ」

「何を、この小僧、礼儀がなっとらん貧乏人めが！」

「年を食って金を持っていればおまえのようになるというなら、小僧のままでいたいくらいだ。財なんか築かなくていい。おまえに払ってやれる礼儀など、私は持ち合わせていない！」

反藤が押し黙る。

また、わあっと野次馬が騒ぐ。

反藤はぶるぶる震えるばかりで、刀を抜けずにいる。馬手《めて》も弓手《ゆんで》も指を掛ける位置がずいぶんおかしい。剣術の嗜みなどまったくないのが明らかだ。

勇実の腕の中で、どこを見るでもなくぅなだれている菊香が、ぽつりと言った。

「消えてしまいたくなったのです。こたびこそ水底に沈めばいい。消えてなくなってしまえば、もう誰にも迷惑をかけることもなくなるのに」

支える腕に力を込めたら、菊香をばらばらに壊してしまいそうだった。

凛《りん》としなやかに立っているはずの人が、こんなにも弱い姿をさらしている。そのことが、勇実の心に痛かった。

勇実は腰を屈め、幼い筆子にそうしてやるのと同じく、すくい上げるように菊香のまなざしを拾った。

「あなたが消えてしまったら困ります。私も、千紘も、筆子たちも皆、菊香さんのことが好きなんです」

無理に微笑み続けていた菊香の唇が、ほどけた。か細い嗚咽《おえつ》がその唇から漏れた。

菊香は、張り詰めた糸が切れるように、へたり込みそうになった。勇実はその体を抱きとめた。菊香は幼子のように勇実にすがりついて、しかし声は上げずに、静かに震えて泣き出した。

反藤が何がしかの罵倒《ばとう》をぶつけてきた。だが、わあわあとにぎやかな野次馬の中で、しかと聞き分けられなかった。反藤は勇実にわざと肩をぶつけると、取り巻きもろとも去っていった。

伝助が、人の噂を巧《たく》みに導く名調子を繰り出した。

「皆、あの助平野郎の顔は覚えたね？　あいつの名は、反藤造酒之助ってのさ。商家の放蕩《ほうとう》息子が旗本に婿入りしたんだが、これがまた、ろくでもねえ野郎なんだよ。あいつのやり方は害だ。毒だ。あいつのせいでひでえ目に遭ったら、すぐ声を上げな。でなけりゃ、深川の町が楽しくなくなっちまう」

野次馬が伝助の肩を叩き、背中を叩いて賛同の声を上げる。

騒ぎはまだやみそうにない。

貞次郎は、泣き続ける菊香を、何とも言えない目で見つめていた。勇実と目が合うと、貞次郎はしかめっ面と笑顔のちょうど間のような顔をした。

伝助や野次馬が去って、すっかり日が落ちた頃、菊香はやっと顔を上げた。憑《つ》き物《もの》の落ちたような顔だった。

「ごめんなさい。取り乱しました」

芯の通った声は、いつもの菊香のように思えた。

菊香が離れて、夕風がふわりと吹いた。菊香の着物のくちなしの香りが、勇実の鼻をくすぐった。

貞次郎が菊香の顔を見ないようにしながら、ほっとした声で言った。

「先に屋敷に戻って、父上や母上にさっきのことを伝えてきますね。二人とも、姉上がどこに行ったのか、心配しているでしょうから」

言うが早いか駆け出しそうになった貞次郎を、菊香が呼び止めた。

「待って」

「何です、姉上」

菊香は微笑んだ。

「助けてくれて、本当にありがとう、貞次郎」

貞次郎は照れた様子で、さっさときびすを返した。

「だから、初めから言ったでしょう。あんなやつとの縁談は駄目だって。あの縁談、必ず断りますからね」

「はい」

「あいつはぐだぐだと文句をつけてくるかもしれませんが、大丈夫です。父上の上役のかたがたが力になってくださいます。深川の船宿や料理茶屋の人々も、あいつをやっつけるのには手を貸してくれるでしょう」

「そうね。貞次郎にも、かえって迷惑をかけてしまったわね」

貞次郎は膨れっ面で振り向いた。

「迷惑くらい、いくらでもかけてください。私は、姉上から他人行儀にされるほうが、ずっと嫌です」

「……そう。ごめんなさい」

「姉上の夫となる人は、私より腕が立って、年の差は四つくらいまでで、学問ができて穏やかで、子供みたいに正直な人じゃないと、私は認めません。姉上は口を開けば謝ってばかりだから、もう黙っていてください」

菊香はうなずいて、ただ一言だけ、そっとつぶやいた。

「ありがとう」

貞次郎は、ぱっと駆け出した。

勇実は、今しがたの貞次郎の言葉を受け止めかねた。貞次郎が誰のことを指してあんな言い方をしたのか、さすがの勇実でも、わからないわけがない。

大勢の人が見ている中で、嫁入り前の娘の体に触れ、馴れ馴れしく名を呼んでしまった。反藤の悪評だけでなく、勇実にまつわる噂も、この界隈で広まってしまうだろう。

菊香にとって、本当にこれでよかったのだろうか。反藤を退けるための駒として、勇実がしゃしゃり出たのは正しかったのか。

ほかの誰にも任せたくない役目ではあった。が、そう思うのは、勇実の身勝手でしかない。

川風が吹き抜けた。菊香はうつむいている。その背の向こうで、大川の水面が夜の色に染まっている。

勇実は、一つ息をついて、菊香に右手を差し出した。

「もし、嫌でなければ。屋敷にお送りするまでの間、あなたがどこかに消えてしまわないように、手をつないでいてもらえませんか」

菊香は勇実の手を取った。歩き出すと、菊香の可憐《かれん》な声が、そっと追いすがってきた。

「ありがとうございます」

勇実と菊香は、黙って歩いた。こうして手をつないでいてさえ、半歩後ろを菊香は歩く。隣に並んでくれないから、互いの顔が見えない。

つい、勇実は耳をそばだててしまう。菊香がまた涙を流しているのではないか。菊香はきっと声を殺して泣くだろうが、よく耳を澄ましていたら、涙の落ちる音が聞こえるのではないか。

永代橋の上で、勇実はたまらなくなって、菊香を振り向いた。

ちょうどそのとき、ひゅるひゅると、花火が上がる音がした。ぱん、と弾けて、夜空に橙色の花が咲く。

勇実も菊香も夜空を仰《あお》ぎ、花火が星に紛《まぎ》れて消えていくのを見た。

橋の上では、花火見物の人々が陽気な声を上げていた。あちこちにともされた提灯《ちょうちん》の明かりが、水面に映り込んでいる。

間遠《まどお》な花火を待ちながら、人波がまた、ざわざわと動き出す。

中天《ちゅうてん》に白く輝く星がある。織姫星だ。眼下に行き交う屋形船は、橋からも岸からも見えるように、豪勢な七夕飾りを掲げている。

「明日の夜は、織姫と彦星の逢瀬は叶うでしょうね。よく晴れそうです」

「ええ」

菊香の前で逢瀬などと口にしただけで、勇実の胸に熱が満ちてくる。何と他愛もない、と我ながら思う。

勇実は、ゆるりとつないでいた手を、少し強く握り直した。

「行きましょうか。あまり遅くなってはいけませんから」

そして、勇実は再び、半歩後ろの菊香の顔を見ずに歩き出した。

この作品は双葉文庫のために書き下ろされました。

双葉文庫

は-38-04

拙者《せっしゃ》、妹《いもうと》がおりまして❹

2022年1月16日　第1刷発行

【著者】
馳月基矢《はせつきもとや》
©Motoya Hasetsuki 2022
【発行者】
箕浦克史
【発行所】
株式会社双葉社
〒162-8540 東京都新宿区東五軒町3番28号
［電話］03-5261-4818(営業部)　03-5261-4833(編集部)
www.futabasha.co.jp(双葉社の書籍・コミックが買えます)
【印刷所】
中央精版印刷株式会社
【製本所】
中央精版印刷株式会社

【フォーマット・デザイン】
日下潤一

落丁・乱丁の場合は送料双葉社負担でお取り替えいたします。「製作部」宛にお送りください。ただし、古書店で購入したものについてはお取り替えできません。［電話］03-5261-4822(製作部)

定価はカバーに表示してあります。本書のコピー、スキャン、デジタル化等の無断複製・転載は著作権法上での例外を除き禁じられています。本書を代行業者等の第三者に依頼してスキャンやデジタル化することは、たとえ個人や家庭内での利用でも著作権法違反です。

ISBN978-4-575-67090-5 C0193
Printed in Japan